正能量●美文馆

美文馆

总有一些花朵，会在夜里开放

ZONG YOU YIXIE HUADUO
HUI ZAI YELI KAIFANG

心灵
正能量

主编◉王国军

郑州大学出版社

图书在版编目(CIP)数据

总有一些花朵,会在夜里开放/王国军主编.—郑州:郑州大学出版社,
2015.2(2023.3 重印)

(正能量·美文馆)

ISBN 978-7-5645-2140-0

Ⅰ.①总…　Ⅱ.①王…　Ⅲ.①散文集-中国-当代　Ⅳ.①I267

中国版本图书馆 CIP 数据核字 (2015) 第 006141 号

郑州大学出版社出版发行

郑州市大学路40 号　　　　　　邮政编码:450052

出版人:孙保营　　　　　　　　发行部电话:0371-66658405

全国新华书店经销

三河市鑫鑫科达彩色印刷包装有限公司印制

开本:710 mm×1 010 mm　1/16

印张:13

字数:194 千字

版次:2015 年 2 月第 1 版　　　印次:2023 年 3 月第 2 次印刷

书号:ISBN 978-7-5645-2140-0　　定价:42.00 元

编委名单

主　编　王国军

副主编　郜　毅

编　委　朱成玉　包利民　马　浩　鲁先圣

　　　　古保祥　崔修建　侯拥华　纪广洋

　　　　凉月满天　张军霞　积雪草　程应峰

　　　　巴　陵　鲁小莫　刘清山　顾晓蕊

　　　　石　兵　李良旭　卫宣利　孙道容

　　　　汪　洋　清　心

序

  曾和一群朋友讨论过，什么样的生活是我们想要的。我想，这种生活，首先是自由的、快乐的，令人满意的，并且能通过自己的双手演绎得精彩无限。

  也许每个人都希望自己是幸运的，做什么事情都一帆风顺，但命运这架天平的砝码，却永远掌握在自己的手里，想要多好的生活，就应该付出多大的努力。中间多艰难不要紧，只要肯努力，总会有一条路能走出精彩。

  但很多时候，看到别人被鲜花和掌声簇拥，很多人并不去想那掌声和鲜花背后的汗水和泪水，却总是怨恨老天的不公，哀叹自己的怀才不遇。仔细想想，没有奋斗，哪来的成功？因此，不要羡慕别人的成功，不要埋怨自己付出了却没有收获，应该静下心来，想一想，你真的为你的梦想做到问心无愧了吗？

  我们来看看这个奋斗的"奋"字吧，上下拆开，就是"一""人""田"三个字。你想想啊，一个人在一块很大的田地里劳作，能不辛苦吗？可是，也只有辛苦劳作，才会有收获，才会有成功。任何成功都不是平白无故而来的，不是躺在家里做白日梦就能得来的，必须"奋斗"才行。"奋"是一种态度、一种气魄、一种谋略，而"斗"却是实干，是争取。

  当然，要想成功，也并不是仅靠奋斗就行的，还要善于把握机遇，人生总有很多偶然，每次偶然也都是一次机遇，只要抓住其中一次机会，坚持不懈，就能改变自己的命运。

  编选"正能量·美文馆"丛书，是我们响应广大读者的阅读要求，新扩展的贴近生活、贴近心灵的系列图书，也是一套教你排除负面情绪，掌控正向能量的心灵之书。"正能量·美文馆"丛书共计十卷，精选《读者》《青年文摘》《格言》《知音》等知名杂志作家最温暖人心的心灵美文，作者涵盖朱成玉、王国军、刘清山、包利民、马浩、鲁先圣、孙道荣、清心、古保祥、崔修建、侯拥华、纪广洋、凉月满天、张军霞等人。

  这些精选的美文内容生动、充实，或出自你我身边，或源自经典案例，或来自于内心深处的思想结晶，在这些文字中，你可以感悟青春，体验爱，领略成功的魅力……

编者

2014 年 8 月

目 录

穿不透光阴的爱

　　曾经年少的时光，曾经的爱，穿不透岁月的水阻山隔，甚至连音容也渐渐漫漶。想不分明的，已无须再去想，记不清的，也不用刻意去寻，只要有过那样的爱，有过那样的温暖，就足够了。

穿不透光阴的爱

包利民

　　夜色如染，无星无月。安小若躺在床上，盈耳的是窗外风吹柳叶的声音。她心里有一点紧张，也有一点期盼。蓦地，在那些簌簌的声响之外，传来轻轻的脚步声，一声声如心跳轰鸣。她深深地吸了一口气，悄悄地站起身来，挪到窗前。

　　在这个大院子里，生活着许多人，全是老人与孩子，所有的人都有一个共同之处，那就是无家可归。他们，都是孤单的。可是，所有的孤单合在一处，却是更多的寂寞。至少，在十六岁的安小若眼中是这样的。而且，那些与她年龄相仿，或者小一些的孩子，都是瞅着不顺眼、不招人喜欢的。因为，那些招人喜欢的孩子，在很小的时候就被人领养了，剩下的，都是被阳光遗弃的吧。安小若不在此列，她自记事起，就时常有人来要领养她，她都是强烈地拒绝，在她小小的年龄里，表现出了一种毅然的决绝。

　　第二天早晨，安小若早早地起来，去外面的园子里背英语。阳光很好，从深秋的天空上斜斜地照下来。昨夜的西风，果然吹满了一地新鲜的落叶。走过凉亭的时候，一个脸上有疤的老人站在那里，一如既往地对她微笑。安小若面对挺温暖的微笑，心里竟是一阵恶寒，忙偏了头，快步疾走。

　　在园子的深处，已经有一些孩子在晨读。安小若盯着一个身影看了好一会儿，微微地叹了口气，有着一种秋天般寂寥的失落。就在昨天夜里，她清楚地看见，在她隔着窗子开亮手电的那一刻，一个佝偻的身影正惊慌地离去，不是她心中一直想着的那个人。

　　林晓晨仍在不远处看书，他丝毫没有注意到，一个女孩子略带着哀怨的

眼神。安小若只是一瞬间的流露，她就是这样一个女生，稍微一失望，便会折断心中所有的念头。只是，那个老人，他，究竟是为什么？

已经有一年了，每个周一的早晨，安小若都会发现，自己小屋的外面窗台上，放着一个新本子。如果雨天，本子会被严实地包裹在塑料袋里。福利院不富裕，每个孩子的作业本，都有着严格的数量限制。可是在作业多如牛毛的高中，这些本子根本不够用，大家只好把很少的零用钱省出来买本子。她曾向林晓晨借过本子，林晓晨都是毫不犹豫，从自己不多的本子里拿出来给她。这个男孩子，没有出众的地方，就是心眼好得很，对院里所有的人都是那么好，特别是对那个老人。

林晓晨很关心安小若，他经常去外面捡些瓶子卖，只为了多买几个本子。甚至，有时，他会买些外面孩子吃的小零食给安小若。在十几岁的孩子心中，在那样的寂寞环境里，那是一种感动，一种青春的温暖。所以，安小若有理由相信，除了林晓晨，不会有人这样关心她。可是，可是，怎么会不是他呢？

福利院里，有个老人，是所有人都恐惧的。没人知道他来了多少年了，总之从安小若记事起，他就在这里了。他有着严重的精神病，经常追打院里的一些老人，可他从不曾打过哪个孩子。据说，他是杀过人的，精神病人杀人，是很吓人的一件事。所以，在院里他所过之处，大家避之不及。他脸上那道长长的疤，就像一条爬着的虫子。所以安小若怕他笑，他一笑，那条虫子就如活了般，说不出的吓人。可是，他只是对着安小若笑，就让安小若的心里毛毛的。

怎么会是他？许多年以后，安小若仍然是想不明白。也许，是因为林晓晨的缘故。如果说院里有人会不怕那个老人，那就是林晓晨了。

安小若自那以后，再不敢拿窗台上的本子，任它放在那里，积尘积雪。本子再不曾多过，只是每个周日的夜里，仍会有那踏动心跳的脚步声。她渐渐也没有恐惧了，更是多了分莫名的失落。终于，在一个早晨，她打开窗子，拿回了那个本子，抖掉上面的雪。翻开，第一页上竟写着字，她惊讶中带着

好奇,细细地看去,是两句诗:"人生岂得长无谓,怀古思乡共白头。"她那时对唐诗还不感兴趣,也看不太懂,只是觉得有些萧瑟。那个清晨,她望着窗外雪地上那一串足印出神。

后来,安小若终于查到那两句诗是李商隐的,却总是难解其中意味。有时她会想,这个老人,写得那么好的字,写着古人的诗句,他,真的有精神病吗?安小若被打动了,她默默地收下了那个本子。自那以后,早晨的时候,虽然冷,她还坚持到园子里读书,那个老人每天都早早地在,依然对她微笑。

日子如深溪之水,不觉其流淌,却一直在消逝。又是一年多过去,安小若已经上高二了,有那么几天,她晨读的时候没再看到那个老人,是的,她甚至不知道那个老人姓什么。周日夜里,没有熟悉的脚步声,周一早晨,窗台上也是空空荡荡的。那些天,她有一种失落感,一种焦虑,却不知该去问谁,更没有勇气走进西北角那个孤单的小房子。这个院子里,没有人关心那个老人的好与坏,除了林晓晨。可是近些日子,林晓晨也不见了踪影,他一年前就退学了,听说是在外面一家工厂当学徒工。

她与林晓晨也是久不说话了,仿佛曾经的情分如水逝云散。可是,那些深藏在心里的过往,那些寂寞青春中的温暖,真的就会如此轻易地流散吗?当安小若还在忧心忡忡的时候,那个老人却故去了。在那个孤单的小房子里,没人知道他是何时去的,那个中午,春日的阳光暖暖的,安小若却觉得凄冷无比。林晓晨回来了,抱回了一大箱子药,却是已无用处。整个院子里,只有他和她在哭,他在那里号啕,她悄悄地流泪。

老人出殡的时候,她没有去送,像院子里许多人一样。她感叹人们的凉薄,也痛恨自己的无情。那些日子,她心里空空落落,也辗转听说了老人的经历,他的确杀过人,杀了自己的一家人。有人说他根本没有精神病,只是为了逃脱刑罚。所以,即使他死了,也没有人说他一句好话。她在人前更不敢提起老人,闲时便拿出那个写着李商隐诗句的本子,回味着深夜里的足音。那个本子,她一直保存着。

林晓晨又离开了,说是去外边好远的城市。走前,他找到安小若,将厚

厚一摞子本给她。安小若知道，这是老人给她的，却没来得及放在窗台上。那一刻，她的眼睛湿湿的，看着林晓晨也如在雾中。林晓晨轻轻地拥了她一下，便离去。自此，在这个院子里，再没有人，是的，走了这两个人，在安小若心中，院子便成了空的。

许多年以后，安小若已在遥远的一个城市中安身，有时会觉得自己在他乡为客，可是却找不到故乡。故乡如果是那个生长的城市，城市里却没有她的家，家如果是那个大大的院子，院子里却没有亲人。思绪漂泊无依，只有想起那个老人，想起那个少年，才会有一种温暖溢满安小若心头，却是被岁月的尘埃阻隔，无法荡漾成满眼的泪。

是的，曾经年少的时光，曾经的爱，穿不透岁月的水阻山隔，甚至连音容也渐渐漫漶。想不分明的，已无须再去想，记不清的，也不用刻意去寻，只要有过那样的爱，有过那样的温暖，就足够了。原以为一片荒芜的青春，却因有了那份爱而葱茏起来。如此，不管故乡何处，不管他乡冷暖，生命，自会水澄天清，就如曾经那个园子里的风晨月夜，无憾，亦无悔。

1001 支会跳舞的铅笔

张军霞

哈莱尔感觉自己要崩溃了！

刚刚擦干净的地板，转眼间，又被扔满了各种玩具；厨房里，堆了几十个未洗的碗碟；洗衣机从早到晚不停地轰鸣，似乎永远有洗不完的衣物；订阅的杂志，邮递员早就送来了，却永远抽不出时间去读；稍不留神，咖啡煮煳了，孩子又把牛奶打翻了……

三年前，在生下女儿之后，为了更好地照料女儿，身为美术老师的哈莱尔，怀着恋恋不舍的心情，告别讲堂和画笔，成了一名全职妈妈。时光流逝，琐碎的日子，每天奔走于孩子和厨房之间，所有的事情都没有头绪。疲于应付的哈莱尔变得脾气暴躁，动不动就发火，孩子时常被吓得大哭，丈夫干脆借口加班，时常拖到很晚也不愿意回家。原本温馨的家，似乎变成了弥漫着硝烟的战场……

可是，就在那天上午，阳光透过玻璃窗，悄悄洒满房间，温暖而明亮。哈莱尔收拾好了一切，咖啡香气四溢，孩子尚在熟睡中。隔壁有人在吹萨克斯，柔美的音乐静静流淌，她的心忽然被什么触动了，于是找出一支铅笔，在一本旧杂志的空白处，她飞速地画了起来。

这时，三岁的女儿醒来，她静静地观察了一会儿，忽然指着妈妈，开心地拍着小手喊道："会跳舞的铅笔！"哈莱尔愣了一下，不由得笑了：原来在天真的孩子眼中，自己画画的姿势那么优美，连铅笔都变成了一只会跳舞的小精灵呢！

哈莱尔变得心情愉悦，她一口气画满了整页纸。女儿凑过来看，高兴地

指着说："小狗、大象、松鼠……"更让人出乎意料的是，小丫头居然也拿起铅笔来，摆出一副无师自通的样子，认认真真模仿着画了起来，一向喜欢哭闹的她，变得又乖又安静。

从此，哈莱尔像发现了新大陆，每天收拾完家务，总会顺势拿起铅笔，和女儿一起涂鸦。丈夫发现她不再乱发脾气，也不再早出晚归，并且主动承担了一部分家务。一支小小的铅笔，居然解决了家庭危机，真是意料之外的收获。

一天，有位朋友来家里玩，无意中看到了哈莱尔的铅笔画，对她的创意很感兴趣，于是劝她将这些画寄给报社去碰一下运气。朋友的鼓励，让整天宅在家的哈莱尔眼前一亮，似乎生活又有了新的方向。她认真挑选出自己认为不错的铅笔画，分别寄了出去。

转眼间，半年过去了，哈莱尔已经先后投出去了几十幅作品，但它们仿佛石沉大海，毫无消息。唯一收到的回音，还是一封退稿信，编辑毫不客气地在信中说："你根本不适合美术创作，还是别浪费时间了！"

哈莱尔备受打击，变得消沉，脾气又暴躁起来。一天，她正在房间里发呆，有一只蝴蝶，误打误撞飞进了房间，窗户明明开着，它却往墙壁上乱撞，怎么也飞不出去。丈夫指着那只蝴蝶说："看，这只蝴蝶真爱钻牛角尖，不懂得及时调整方向……"

"也许，我还不如这只蝴蝶聪明呢。"哈莱尔自言自语地说，"我画画只是因为喜欢，跟别人是否承认又有什么关系呢？"放下思想包袱的她，从此继续画自己的铅笔画，只是画风大变，越加俏皮幽默，她将日常生活中的喜怒哀乐，全都融入画中。每逢她画画时，女儿总会看得入迷，她说喜欢铅笔跳舞的样子。

2012 年 9 月，世界上规模最大的艺术赛事之一，Art Prize 大赛拉开了序幕，它是一项开放性的艺术赛事，由安利公司的继承人之一里克·德福斯创立。哈莱尔的丈夫，悄悄将妻子一幅铅笔画，寄给了大赛组委员。

10 月 13 日，比赛结果揭晓，出乎所有人意料的是，哈莱尔的作品，从来自 56 个国家的 1517 名参赛选手中脱颖而出,赢得了 20 万美元的最高奖金。

好消息传来,哈莱尔几乎不敢相信自己的耳朵,很多人对她的成功非常好奇,各种猜测满天飞。哈莱尔开心地做了一顿精美的大餐,全家人一起庆祝了一番。然后,她平静地继续着全职妈妈的生活,只是每天忙完家务后,她还是从容地拿起铅笔,不停地画画。

在哈莱尔家客厅的一个旧纸箱里,静静躺着 1001 支废铅笔头,它们都曾在哈莱尔的手中跳舞,也许,这就是她获奖的全部秘密。

踏着月光回家

崔修建

那时候，父亲在四十里外的砖厂打工，砖厂每个月末会放假一天，那是父亲最兴奋的日子。他会在放假前一天晚上，换上母亲做的千层底布鞋，翻山越岭地往家里赶。

父亲回家的路很难走，有沟壑，有小溪，有独木小桥，有时干脆是荒草丛生的小径，有时则是乱石林立的荒野。若是赶上雨季，天黑，路滑，风硬，稍不小心便会跌倒，弄得一身狼狈。然而，不管天气如何，父亲总会雷打不动地回家。因为一家人都在盼着他，他回来了，家里便有了节日的气氛。

母亲总把好吃的东西留在父亲在家的那天才拿出来，并劝父亲多吃一点儿，父亲嘴上说着吃，却不停地把好吃的往我和弟弟妹妹面前推。一家人高高兴兴地聚在一起，听父亲讲完砖厂里的那些新鲜事，我和弟弟妹妹又抢着把自己的那一点点得意的事，比赛似的讲给父亲听。然后，接受父亲慷慨的赞扬，再接过他从兜里掏出的那些花花绿绿的小礼物，有糖块儿、蜡笔、玻璃弹珠、连环画、羊拐等。这些给我们的童年和少年带来无数快乐的小礼物，一直让我难以忘怀。在远离父亲的那些日子里，每每想起那些小礼物，心里总有说不出的温暖，像春天和煦的阳光。

饭后，母亲会端来一大盆热水，看着父亲极舒服地泡脚，母亲会心疼地问："累吧？走那么远的夜路。"

父亲笑呵呵地说："不累，有明亮的月光一路陪着，想着你和孩子们的模样，脚底下就像生了风，很轻快。"

"其实，你可以两个月回来一次，家里的一切你都看到了，不用挂念的。"

母亲轻轻地搓洗着父亲磨出大洞的袜子说。

"我知道你挺能干的,孩子们也都懂事,可是,我还得回来看看,看看一家子人都好好的,我回去干活儿有劲。"父亲边慢慢地挑开脚底的血泡边说。

"有时候,我就想砖厂放假的前一天晚上,要是都能赶上满月该多好,在亮堂堂的月光里往家里走,心里也会亮堂的。"母亲能够想象到父亲晚归的路,走得有多辛苦。

"不是满月也可以,有一点点的月光就行,还有那么多大大小小的星星呢,路上不会寂寞,也不会害怕的。"父亲很知足的样子,让我想起了作家迟子建的那篇《踏着月光的行板》里的那位农民工,想起了许多和父亲很相像的陌生面容,他们虽身处卑微的社会底层,却都有着令人羡慕的快乐。

其实,父亲完全可以搭乘客车回家的,可他一直坚持步行回家,他说走路比干活儿轻松多了,还可以呼吸山间乡野的新鲜空气,既锻炼了身体,还不用花钱。我知道,父亲步行四十多里的坎坷路回家,可以省下两块钱的车票钱,那是他首先考虑到的。他可以用那钱给我们买一些糖块儿,买几个本子、几支笔,也可以给母亲买一把漂亮的梳子。

多年后的一个冬天,我搭乘一辆顺路的运粮车回老家。离家还有二十多里远的路上,运粮车突然抛锚,司机修了半天也没修好。这时,天空洒落下皎洁的月光,照得已修整得很平坦的道路明晃晃的。没有犹豫,我背起很轻的行囊,决定体验一次父亲当年踏着月光回家的感觉。

起初,我的脚步还挺轻松的,可是没有走多久,在城市里习惯了以车代步的我,便有些气喘吁吁了。想当初,父亲的年龄比我现在还要大,他每天干的都是重体力活儿,一个月难得有一天的休息,他本可以躺在宿舍里美美地睡上一大觉,却把一双脚交给了崎岖的山路,无论有无月光,他的方向只有一个——家。

当我一身疲惫地叩开家门时,父亲惊讶地嗔怪我:"怎么不提前打电话来?我让你弟弟开车接你啊,二十多里的路多远呢。"

"还好,有月光一路陪伴着,我又欣赏了一份久违的诗情画意。"我对父

亲轻描淡写地说，心里却在说——当年，父亲走那么远的路，可是从未说过远、说过累的。赶上雨雪天，他一身泥巴地回到家，还笑呵呵地说自己怎么唱着歌，怎么想起了当年红军爬雪山、过草地的情形，他心里是多么温暖，脚下的路是多么好走。

"看你，又给我买东西了，乱花钱。现在日子好了，我也什么都不缺。"父亲轻声责怪我，眼神里流露出的却是对我送的那个电动剃须刀的喜爱。

"我这次回来走得急，只买了这么一件小礼物。"父亲当年每次回家，都不会空手的。记得有一次夏天回家，他在朦胧的月光里去山上采了几串野葡萄，手上划了好几条明显的血痕，他却得意地说自己的眼睛很尖，远远地就看到了那个藏在荆棘丛中的葡萄架，并准确地判断出上面肯定还有葡萄。

"你有一份心意，就够了，有没有礼物都行。"父亲说着，拿出一个精心粘贴的剪报本，那上面是我发表的文章。我曾对父亲说过，编辑都给我寄过样刊样报，大多数文章也都选入了作品集，无须再劳心费神地去做剪报，但他却一直欣然地做着。母亲说那是他喜欢做的事，谁都拦不住。

黄昏时分，我正站在窗前欣赏那盆盛放的月季花，忽然听到父亲在跟两位邻居老人大声地炫耀："我儿子给我买的电动剃须刀，用着特别舒服。这次，他还踏着月光走了二十多里路回家来，身体比上次回来健壮多了……"

我那无数次踏着月光回家的父亲，对儿子偶尔的一次回家、一件小小的礼物，竟如此看重。刹那间，我的眼睛湿润了，我的思绪又飞回到三十多年前，飞回了那些月光皎洁的夜晚，飞进了温馨与温暖簇拥的家里面……

错出来的美丽时光

包利民

　　我曾把那一年定义为我的自卑年。从农村出来的我,刚刚考上县里的重点高中。面对校园里的红男绿女,面对城里学生的各种优越感,我仿佛突然闯入一片以前从未想过的天地,只觉得自己与这里的一切都那么格格不入,自卑之感油然而生。而更令我走向黑暗的是,以往自己赖以自豪的学习成绩再也回不来了,尽管付出了那么多的努力,却再也无法如过去般独领风骚。

　　就这样日复一日地重复着相同的心境,我不知这种日子会向未来延伸出多远多深。我极少与班上的同学交往,同宿舍的人也如熟悉的陌路。我用沉默将自己困围,抵御着周围各种异样的目光。可毕竟青春的心绪如遮挡不住的悠悠绿水,渐渐地,我喜欢上了班里的一个女生。

　　就连这样的喜欢也是沉默而寂寞的。那个叫晓琰的女生坐在第一排,每天每天,我的目光都会无数次地轻抚她温柔的背影,编织着自己内心深处悲欢离合的情节。甚至,自习课时我还会偷偷地写一些情诗,那是一种永远无法开口的表白,一种深锁的情感。同桌的女生有时会好奇地探头过来,想窥视我纸上的千般思绪,我都极快地掩住,怕遭到别人的嘲笑,怕影响那个美丽的身影。

　　那段封闭的日子,对晓琰的情感成了我黑色时光中唯一的一抹亮色。有一次在办公室里,偶然看到晓琰的个人资料,我便牢牢地记住了她的生日。那个她生命中的节日在初冬,我开始挖空心思想送她一份礼物。没事的时候,我在本子上写下一些礼物的名称,一一思量,无法取舍。此时我已

不在意同桌女生的偷看，毕竟写的不是情诗，她也看不出个所以然来。

直到晓琰生日的前一天，我才在仓促中决定，送她一个生日蛋糕。虽然俗了些，可我真的想不出别的，而且，我也不会署上自己的名字，只是想让她有那么一瞬间的惊喜，就足够了。那个晚上，揣着那点可怜的钱，跑了好几家蛋糕店，遭遇了无数白眼冷遇后，我终于买到一个极小的蛋糕，上面只有"生日快乐"几个字。虽然它才比拳头大一点，可也会给晓琰带来短暂的幸福吧，我心想。

当晚自习结束同学们散去后，我做贼般溜回教室，想把藏在书包里的蛋糕放进晓琰的课桌。可是，还没等行动，有同学回来取书，慌乱间我只好又放回自己的书桌，拿了一本书落荒而逃。回去后懊悔不已，但是没办法，心想明天再找机会放过去也是一样的。

漫长的一夜过去，我早早地冲进教室。原以为我是第一个到达，不想同桌竟已经在了！她一脸笑意，手上拿着我寄予了无数情怀的蛋糕，那一瞬间，我头脑一片空白，惊慌、恐惧、羞愧，种种情绪纠缠不休！正不知所措，同桌却说："谢谢你的蛋糕！我以为不会有人知道我的生日，没想到……真的很感动，这是我十多年来最幸福最开心的时刻，我也祝你快乐，祝你开心，考上理想的大学！"

我愣在那里。同桌叫兰小然，我从未真正地观察过她，这一年多来，和她说的话不超过二十句。而此刻，她眼中闪着泪光，竟让我有了莫名的感动。见我不语，兰小然说："真的谢谢你！放心，我不会告诉别人的，这是我一个人的快乐，一个人的幸福！"然后，她竟当着我的面吃起了蛋糕，并强迫我也吃了几口，小小的蛋糕，很快就被我俩吃光。她郑重地将蛋糕盒上的彩带收进了书包，仿佛收藏起一份感动。等收拾完毕，同学们陆陆续续地来了，我们相视一笑，开始了早自习。

日子似乎一下子变了样，我和兰小然熟悉起来，我们常常共同讨论习题，再就是讲一下彼此以往的事。更多的时候，我们互相鼓励着，用大学的美好来装点我们的心境。她是我在那所学校唯一的朋友，是的，只是朋友，很好很知心的那种。

我自己也慢慢地变了。曾经困囿我的自卑、沉默、寂寞，都如水逝云散，阳光花香悄悄洇染，我终于体会到了青春的美好与活力。我的学习成绩也飞快地提高，再不低眉垂首，也不再黯然神伤，而对那个依然温柔的背影，也没有了当初的伤怀与落寞。一切的一切，从那个蛋糕开始改变，从兰小然开始改变，这是我始料未及的结果。

那以后的每一年，包括我上大学的那几年，每到那个初冬的美丽日子，我都会为兰小然送上一份祝福，我知道，如果没有她，没有那次误打误撞，我的生活完全会是另一种样子。

参加工作的第一年，兰小然从遥远的另一个城市写信给我，信中说："现在可以告诉你真相了！为了你，我每年都要把自己的生日拖后好几个月！知道你上高中时的一切，知道你喜欢晓琰，知道你想送她生日礼物，知道你的心境，所以，我夺走了属于她的蛋糕，只为走进你的内心，让你和我一起努力……"

心于巨大的感动中慢慢濡湿，回望前尘，我微笑着，两眼漾满了泪花。

通往天堂的第七个路口

朱成玉

在一个白雪皑皑的村子里，一直流传着一个传说：谁能得到上帝使者的真诚祝愿，谁就能走进上帝的宫殿，并见到那个唯一的货真价实的圣诞老人，并且能从他那里得到一份独一无二的礼物。

要得到真诚的祝愿，就要经过无数个路口，而所有的路口都是分岔的，需要你去选择方向。这些上帝的使者会伪装成人间的一个个乞丐，守在每一个路口，只有你尽了全力去帮助他，才会得到他的指引和忠告。

一个男孩想得到那个独一无二的礼物，便义无反顾地上路了。通往天堂的路坎坷崎岖，但他毫不畏惧，因为那个特殊的礼物对他的诱惑力实在太强烈。

男孩每经过一个路口，便会遇到一个乞丐。他并不知晓这些乞丐都是上帝的使者伪装的，但每次遇到，他都会尽力去帮助他们。在第一个路口，他把身上带的钱分给了那个乞丐一半，那个乞丐对他说，如果因为这次施舍造成了前面的路困难重重，会不会为自己的慷慨后悔呢？男孩摇摇头，坚定地说不会。乞丐指了分岔路口的其中一条说，从这个路口走过去吧，愿你前面的路越来越平坦。

男孩顺着那个路走下去，来到了第二个路口，见到第二个乞丐。犹豫了一下之后，他把身上剩余的钱都给了他，他想自己还有足够的食物，可以支撑他走下去的。乞丐得到了男孩的钱财，喜笑颜开，快乐地指着左边的路口说，去那里吧，愿善心带你走向天堂。

男孩继续走下去，饿了就啃几块干粮，天黑了就在外面露宿，一日一日，奔波不息。转眼来到第三个路口，见到了第三个乞丐，他有些奇怪，不明白

为什么每个路口都有个乞丐。男孩已经没有钱了,只好分了些自己的食物给他。看着乞丐狼吞虎咽地吃着,男孩笑了,他想,自己饿一顿肚子换来别人哪怕片刻的幸福也是值得的。乞丐吃饱了,拍拍肚皮指给他一条路,去吧,愿好人有好报。

男孩无比艰辛地行进着,但看着那些乞丐得到帮助时快乐的表情,他的心异常愉悦,懂得了给予永远比索取快乐。但是通往天堂的路才刚刚开始,困难接踵而至。

先是在第四个路口,他面临着一个难题。如果把最后的食物给了乞丐,那么自己随时面临打道回府的窘境。看着乞丐可怜的样子和无助的眼神,他决定把剩余的食物送给乞丐。乞丐指着前面的路,问他是否还要继续走下去,他仍旧执着地点点头。乞丐在胸前画着"十"字:"阿门,愿主保佑你一路平安。"

紧接着在第五个路口,他遇到一个年龄很小的乞丐,他的口袋里已经没有任何东西了,看到那个小乞丐冻得瑟瑟发抖,他把自己的外套脱下来,披到他的身上。小乞丐指了指他右边的路,并给了他一颗幸运星,祝愿他能好运。男孩苦笑了一下,肚子已经饿得慌了,可是通往上帝居所的路依然遥远,他不禁有些愁容满面了。

但他毅然走了下去。饿了,他就摘树上的叶子充饥,渴了,他就吮吸叶片上的露水,坚持着走到了第六个路口。在这里他看到了一个与自己年龄相仿的乞丐,但现在,男孩的样子比乞丐更像乞丐,唯一不同的是,男孩穿着鞋子,而那个乞丐光着脚。当他把自己的鞋子穿在乞丐满是鲜血的脚上时,他看到了乞丐满是感激的眼神,也听到了自己在心底绝望的哀号,连鞋子都没有了,看来这次天堂之旅终归是要半路夭折了。

但那个乞丐却拍着他的肩膀鼓励他说,走下去吧,没准在下一个路口就有了转机呢,愿你能柳暗花明又一村。他咬咬牙,果真朝着乞丐指引的方向走了下去,其实他已经无路可退了,回去的路更难。

拖着流血的双脚来到了第七个路口时,他已经疲惫至极。但他仍然看

到了一个乞丐，向他伸出乞讨的手。他无奈地说，我已经没有任何东西可以给你了，但我可以陪你坐一会儿，聊聊天。那个乞丐很高兴，说那是他得到的最特别的施舍。他们天南海北地聊着，渐渐忘却了劳累和伤痛，彼此靠着睡着了。在梦里，他看到自己走到了上帝的居所，看到了恢宏的宫殿，看到了姹紫嫣红的花园，看到了翩翩起舞的天使们在用魔棒为人间制造着一个个惊喜……

醒来的时候，天已经大亮了。乞丐问他，还走不走？他说走。乞丐就送给了他一个真诚的祝愿："好孩子，祝愿你好梦成真！"

然后，他就惊奇地看到前面的路没有了，他梦里见到的一切都在他面前一一呈现，天使们冲着他微笑，给他端来各种各样他叫不上名字来的水果。他正欲向那个乞丐问明缘由，却发现那个乞丐身披白雪，头戴一顶火红的帽子，正滑稽而又慈祥地看着他。

他就是圣诞老人。

男孩庆幸地想，如果因为绝望而没坚持，如果认为自己已经没有任何东西可以分给别人而没有和最后一个乞丐谈心聊天，那么眼前的一切都不会出现。其实我们每个人都是这样，当你从自己身上每施舍一样东西给别人的时候，都是在向上帝的宫殿迈近一个台阶。而且，当你失去所有身外的价值时，别忘了你还有生命内在的价值，它可以仅仅是一个微笑，一句嘘寒问暖的话语，一个来自你心灵深处的对别人真诚的安慰和祝愿。

那些善举换来了天使的祝愿，而那些祝愿铺就了通往天堂的路。

男孩如愿以偿地从圣诞老人那里得到了那份独一无二的礼物：在圣诞节前夕跟着圣诞老人到人间的各个角落去为孩子们分发礼物。

因此，每到了圣诞节，圣诞老人便像变戏法一样地变出来很多很多，成千上万的圣诞老人在世界的各个角落钻烟囱、跳窗户，用各种办法给孩子们分发礼物，忙得不亦乐乎。那些假扮的圣诞老人都和那个历尽艰辛的男孩一样，是充满爱心的人。

而每一个怀有善念和爱心的人都可以成为圣诞老人。

让我流泪的香橡皮

纪广洋

初二开学那天，班里按高矮个排队重新分座，和我同村的纪翠兰成了我同桌。翠兰是一个品学兼优而且非常漂亮的女生，从初一开始，我俩就是特别要好的搭档——她是学习委员，我是班长。成为同桌之后，我们配合得更默契，关系也更亲密了。

令人遗憾的是，学习成绩名列前茅的翠兰，家庭状况却很糟糕。在她刚出生不到一个月的时候，她的母亲因忙于麦收被暴雨淋湿，从此落下了病，常年药不离口。祸不单行，在她考上初中，入学的第三天，他的父亲去集市上给她买自行车，回来的路上，由于自行车刹车失灵，她的父亲跌入深沟，摔断了胯和腿骨，一年后还离不开双拐。这样一折腾，她家的情况就可想而知了。看吧，在我们的校园里，没有哪个女孩子比她更清秀，也没有哪个女孩子比她穿戴得更寒酸。

在平时的生活和学习中她也最节省、最俭朴，买个练习本总是先用铅笔在正反面一隙不留地写画，再用钢笔一隙不留地覆盖一遍，她甚至捡一些瓶塞、管头等橡胶制品代替橡皮来用。尽管如此，她还保持着自己水晶般的优秀品质，即使在路边捡到一支小铅笔头，她也会主动地上交老师。

有一次，我俩却因为一块小小的橡皮，发生了一段令人难以忘怀的曲折故事。

一天中午，我买了两块包装精美而且香喷喷的橡皮，准备送给翠兰一块。下午，我乐颠颠地跑进校园时，到校的同学们还很少。我们初二的教室里正好只有翠兰一人端坐在窗边的座位上看书，我就蹦蹦跳跳地来到我俩

的课桌旁，先从口袋里掏出一块精致的橡皮，慢慢地伸到翠兰的近前。她抬脸看了看我，又看了看那块橡皮，笑眯眯地说："什么呀？真香！"

我一边把那块橡皮放在她面前的书上，一边乐呵呵地说："送给你的。"她犹犹豫豫地拿起来，闻了闻，看着我的眼睛问："口香糖吗？"

"不是口香糖，"我说着又从口袋里掏出另一块，"是橡皮。"

"我以为是糖呢，"翠兰翻来覆去地看着、闻着，小声说，"你干吗买这么贵的橡皮？我才不要呢，这种东西是哄人的，不一定好用。"

我知道她的犟脾气，更怕伤了她的自尊心，就说："既然买了，你就收下吧，没有别的意思，我去买橡皮，一看挺好的，就给你捎来一块。"

"这样说我就收下，"她下意识地摊平了手，似乎是沉甸甸地端着，抬头问我，"多少钱一块？"

"我就不能送给你一块小小的橡皮吗？"我一听她问价格，心里猛然就有一种说不上来的滋味，忽然提高了嗓门说，"咱同村、同姓、同族、同辈份，按生月我还得叫你姐姐呢，又没有别的意思，不怕别人说闲话……"

"你不怕，我还怕呢！"她打断我的话，也提高了嗓门说，"我知道我家穷，可我凭什么要你的东西，我用不着别人可怜我……"

就在这时，有几个同学说笑着向教室走来，我便不再和她理论，就顺手拿起她的那本书盖在橡皮上面。她神情复杂地凝视了我一阵，就长吁一口气，趴在桌上一动不动了。

不到上课的时间，班主任看同学们到齐了，就宣布了一条通知——下午第一节的体育课和第二节的劳动课合并，全体同学到操场上清除杂草。翠兰离开座位前，用书把那块橡皮推过了我与她的"三八线"。我装作没看见，与同学一起走出了教室。

就在操场上的杂草清除得差不多的时候，有同学发现翠兰的手上有血（她薅一种三棱草时划伤的），班主任就让她去清洗一下，提前回教室。

大约十分钟后，我慌慌张张地先同学一步回到教室，看翠兰手指伤得轻重。在同学们进教室之前，翠兰忽然问我："记得那块橡皮你没收起来，怎么

不见了?"

　　我以为她改变了先前的想法,又乐意收下那块橡皮了,才这样和我幽默一下,就以一种无所谓的口吻说:"不见就不见吧,不见就对了。"

　　"你这是啥意思?"翠兰的表情忽然严肃起来,不无紧张和焦虑地说,"那块橡皮真的不见了!"

　　看她那认真相,我知道橡皮真的不见了。可我一时又理不出不见的原因,就暂且找理由安慰她说:"或许哪个同学拿去看了……"

　　"哪个同学能拿去? 所有的同学都去了操场,况且咱俩是最后出去的,而我又是最先回来的……"翠兰说着竟露出了哭腔,"今天是怎么啦?! 真是见了鬼了不成……"

　　这时,已有同学走进教室。我就说:"明天再说吧。"

　　翠兰不说话了,眼底却凝聚着浓重的疑云。

　　我觉着这件事儿也够蹊跷的。

　　放学后,在回家的路上,我一遍遍地寻思:这件奇怪事儿还没有结束,明天翠兰还会提起,她的心够苦了,不能再让她蒙受这不白之冤。想来想去,我突然想出一个解决方案来——再买一块同样的橡皮,就说我昨天顺手放到兜里了……

　　第二天清晨,当我在去学校的路上追上翠兰时,没等她发话,我就笑着从口袋里一把掏出两块一模一样的橡皮来,装着自怨自艾的样子说:"哎呀,我真糊涂,回家一摸口袋,两块都在里面……"

　　"你胡说!"翠兰停下自行车,一边掏书包一边幽幽地说,"那块橡皮在我包里呢,是我不留神把它夹在书里了,回家掏书时,一下就掉在了地上……你总是哄我,说实话,是不是又买了一块?"

　　我看她说得有鼻子有眼的,就不打自招了:"昨天,我也弄不清橡皮是怎么不见的,又怕你老惦记这件事儿,就……"

　　"别说了,别说了,"翠兰半嗔半怨地笑起来,"其实这事儿全怪我,我太执拗、太任性、太自负、太不近人情了,才惹出这样的怪事儿和误会,让你受

委屈了,请你原谅我。"

我就嘿嘿地笑了,笑着笑着眼睛就开始发涩、发热……而真正不能自已地流下眼泪,是两天之后的物理课上。

那天,教我们物理的赵老师刚走进教室,习惯性地扫视整个教室时,在他看到我时,眼底顿现一种愣怔。

但我万万没有想到,在我照例喊"起立""坐下"的间隙,赵老师转身出去,又迅速返回,他的手里竟然拿着一块精美的橡皮,而且径直朝我走来了,嘴里还不停地说着"对不起、对不起、实在对不起"。在我异常惊愕地起身接过那块失而复得的橡皮时,赵老师向我解释道:"前天你们在操场上劳动时,我从教室的窗外经过,偶然看到放在你课桌上的这块四四方方的新橡皮,就想到我正为初一准备的浮力课,打算用它做个试验,看把它放在水中能浮出几分之几。后来一忙就忘了送回来,没耽误你用吧?"

我一直张着嘴,却没能说出一句话来,只是特别夸张地摇了摇头,算是对赵老师的回答了。

这时我身旁的翠兰手里攥着一块同样的橡皮,梦呓一般讷讷地说:"四块香香的橡皮了……"

我肯定是流泪了。不然,翠兰怎么一边夺我手里的橡皮一边这样说呢:"两块橡皮我都要,四块橡皮我都要……别哭了,行不?"

说着说着,她竟也泪流满面。

拉姆先生的管家

厉剑童

迪卡是墨尔本市的一名初中生,一个非常聪明好学的学生。迪卡的家在农村,他从小失去了父亲,和打短工的母亲相依为命。

一个偶然的机会,迪卡听了一位街头小提琴家演奏的曲子,那高山流水一样的旋律深深吸引住了迪卡。那一刻,潜藏在迪卡心底的音乐之神被唤醒了。他痴迷上了小提琴。他做梦都想拥有一把小提琴,这样他就也可以演奏出动听的曲子。但迪卡知道这只能是做梦而已,母亲实在没有能力给他买这样一把至少需要上千澳元的小提琴。

迪卡也曾试图自己做一把小提琴,可每次都失败了。迪卡为此很苦恼,暗地里不知偷偷哭过多少次。

迪卡的家离学校有很长一段路。上学路上一片树林子边上,有一座很美的别墅。要不是从别墅传来一阵悠扬的小提琴声,也许这座别墅会永远与他无关。

那天下午,迪卡独自一人走在放学回家的路上,正百无聊赖地踢着石子走着,忽然耳畔传来一阵悠扬的小提琴声。迪卡立即竖起耳朵听。那音乐真是太美妙了,比上次在街头听到的不知强了多少倍,简直是天籁之音。迪卡被深深吸引住了。他发现,琴声来自那座别墅。因为琴声,迪卡这次回家天都黑了。

第二天,迪卡路过这里时,琴声再次响起。一连几天,迪卡都能听到那动听的小提琴声,迪卡已经离不开这琴声了。

可就在一周后琴声没有了。迪卡很纳闷,莫非那个拉提琴的人病了,或者搬走了？

强烈的好奇心把迪卡引到了这座别墅前。奇怪，别墅的大门敞开着，连屋门也没上锁，整个别墅静悄悄的，一个人影也没有。迪卡心里一阵狂喜，我一定要得到那把发出美妙声音的小提琴。迪卡在一个宽敞的房间里找到了一把小提琴。这是一把古铜色的小提琴，琴头上还系着一条红穗头，穗头下缀着一尾栩栩如生的塑料小金鱼。迪卡立即被吸引住了，他欣喜若狂，早已忘记了自己是在别人的家里。迪卡轻轻模仿着那些街头演奏家的动作轻轻一拨拉，小提琴顿时发出一声清脆悦耳的声响。迪卡太高兴了，情不自禁地自拉自唱起来，完全陶醉其中。

不知过了多久，迪卡终于从自己的音乐中醒来，他小心翼翼地装好琴，放在胳膊下夹着，转身要走时，却见一个身穿黑色大衣，眉毛很长，蓄着长胡子的中年男子站在一旁，正静静地看着他。迪卡大吃一惊，脸色都变了，嘴唇哆嗦着一句话也说不出。倒是那个"大胡子"先开了口："你好，你是拉姆先生的外甥鲁本？我是他的管家，前两天我听拉姆先生说他有一个住在乡下的外甥要来，一定是你了，你和他长得真像。"

迪卡一愣，什么拉姆先生，一定是他搞错了，把我当成那个什么鲁本。迪卡稳了稳神，计上心来：我何不将错就错？躲过一劫再说。迪卡拿定主意，连忙鸡啄米似的点头。

"来，过来坐下，告诉我在哪上学？上几年级了？""大胡子"说着，走上前，拍拍迪卡的肩膀。

迪卡局促不安，眼睛一眨不眨地看着"大胡子"，生怕一不小心被"大胡子"识破，抓住送进警察局。"大胡子"很友善地和迪卡拉着家常，迪卡紧张的心渐渐地放松下来。迪卡告诉"大胡子"，自己非常喜欢小提琴，可家里太穷买不起。迪卡说着，把一直夹在胳膊下的那把小提琴小心翼翼地放在一边。

"大胡子"轻轻拿起小提琴，温柔地抚摸着，片刻之后，"大胡子"说："这把小提琴是我五岁生日的时候妈妈送给我的，为了买这把琴，她整整捡了一

年的破烂。看你这么喜欢,我今天把它送给你。"

迪卡那天是怎么走出别墅的,连他自己都记不清了。只记得那是自己有生以来最快乐的一天。他不知道,"大胡子"是澳洲最著名的小提琴演奏家。

三年后,墨尔本市举行中学生音乐竞技比赛,"大胡子"作为澳洲音乐学会副会长被聘为比赛的首席评委。只是今天的"大胡子"早已不是以前的容颜:两年前的一场车祸彻底改变了"大胡子"的相貌,并且他早已搬出了那所别墅。

比赛紧张进行着,最后上场的是一个十六七岁的小伙子,他手拿的小提琴引起了"大胡子"的注意。他流利舒畅优美的演奏深深打动了"大胡子"。这是他这几年参加的几十次小提琴大赛中听到的最好的演奏。小伙子以绝对优势取得了本次比赛的冠军,被保送到墨尔本音乐学院。

演奏结束,可"大胡子"的目光始终没有离开那个小伙子,更没离开那把古铜色的小提琴。在那把琴的琴头上,"大胡子"发现了那枚再熟悉不过的塑料小金鱼。

颁奖仪式开始了,每个获奖者都要发表获奖感言,出乎所有人的意料,那个获得冠军的小伙子满含深情地讲述了三年前的那个黄昏,在那座别墅里发生的改变他一生命运的故事。

"大胡子"坐在评委席上,眼里噙满了泪水,他觉得,这是他一生中创作的最成功最珍贵的作品。

榕树下

闫玲月

　　没错，就是那棵榕树。树下的那张脸皱纹盘根错节，让人怀疑是榕树的根须爬错了位置。

　　一阵风吹过，片片黄叶飞离树身，翻着跟斗，唱着歌，投身这场春之旅，一身嫩绿新装的榕树顿时返老还童。

　　天气已经有些热了，大街上爱美的女孩子迫不及待地把四肢从长衣长裤中解放出来，穿起靓丽的短裙来拥抱春天。老人还是那身黑布袄，袖口绽开处隐约可见发黑的棉絮。

　　老人大概困了，蜷在榕树下打着瞌睡，面前的塑料盒里散乱地躺着几枚硬币。年轻人不想惊动老人，把一张面值五十元的纸币悄悄放在盒内，并细心地用两枚硬币压住，怕纸币被淘气的春风卷走。

　　那年春天，就在这棵榕树下，年轻人结识了一位老人。老人在他的心里点亮了一盏灯，这盏灯为他照亮了明天。

　　老人一只手拎着蛇皮袋，一只手拄着拐杖，向这棵榕树蹒跚走来，靠着树坐下。年轻人把头仰靠在粗壮的树干上，仿佛正在沉思。老人的到来并没有引起他的注意，反而是一阵稀里哗啦的声音把他从遥远的记忆拉回到眼前。

　　一堆空饮料瓶、旧纸壳散落在老人和年轻人的脚下，同时一股难闻的汗酸味从那件黑布袄上毫不客气地涌入年轻人的鼻孔。年轻人皱着眉头吼道："你这人真是不像话，那么多地方偏偏和我挤什么。"老人赔笑说："怪我，平常习惯坐这里，我这就挪地方。"

老人挪到另一棵树下,清点瓶子数,把旧纸壳捆扎好,重新放回蛇皮袋里。他又掏出一个破旧的塑料盒摆在地上,里面放上两枚硬币,之后就像一尊泥塑一样坐在那儿,微闭着眼休息。偶尔的投掷声会让老人睁开浑浊的双眼,向好心人点头致谢。

望着老人轻松获取路人的施舍,年轻人突然有些羡慕,自己现在身无分文,饥饿感如海啸阵阵袭来,再这样下去恐怕要饿死他乡了。怎么也不能做个饿死鬼,填饱肚子再死也不迟。

年轻人捡起一段粉笔头,在地面上写下"我饿了"三个字,写完这三个字,年轻人就蹲下身垂了头。一个童声传来:"妈妈,大哥哥饿了,我们给他钱买饭吃吧。"妈妈阻拦道:"年纪轻轻的就想不劳而获,不能给!"孩子被妈妈拉走了,把钱投到另一棵树下老人的盒子里。年轻人的脸像被鞭子抽了似的火烧火燎,他不相信碰不到一个好心人。可是,等到夕阳西下,双膝发麻,年轻人也没等来一毛钱,这种悲哀简直比饥饿更可怕。

刚刚走出校门的年轻人彻底绝望了。迷人的晚霞哪里知晓人世的冷暖,不如在晚霞中永远睡过去吧。

年轻人的意识渐渐模糊,一缕缕饭菜的香味变成一只只无形的手抓挠着他不断缩紧的胃。孩子,吃饭吧。是父亲的召唤吗?年轻人努力睁开眼,一盒冒着热气的快餐就在眼前。他揉揉眼,果真是一盒快餐,旁边还有一张皱巴巴的脸,居然是他!年轻人别过头。老人笑眯眯地说,人是铁饭是钢,总不能和饭较劲吧!

年轻人的胃实在是抵挡不住饭菜的诱惑,他终于端起盒饭狼吞虎咽起来。老人又递给他一杯豆浆,年轻人一饮而尽。

吃饱喝足,精神头回来了,年轻人发现老人也在吃饭,他的晚饭居然是一个馒头和一杯豆浆。年轻人疑惑地问:"你就吃这个?"老人笑笑。年轻人试探他说:"是不是你的晚餐刚才被我吃了?"老人摇头:"孩子,别多想,我每天都吃这个,又便宜又能吃饱。"

年轻人的脑海里浮现出父亲的身影,父亲借遍了亲戚朋友供自己上学,

为了还债父亲去工地做苦力，汗水伴着鲜血一起流淌在那片工地上。年轻人的口气里带着同情问，你也是为了孩子读书吧？老人摇头说，我养了一个孽子，捅伤了人，人家孩子才十几岁就成了残废。将心比心，我活一天就不能不管那个孩子。岁数大力气活干不动了，我就来城市里捡废品当乞丐挣钱还债，这样我的良心才会好受点。孩子，我看得出你遇到了难处，挺一挺，没有过不去的坎儿。

年轻人的泪水再也收不住，失声痛哭。老人拍拍他的肩说，你还年轻，要站着活出个人样来！年轻人擦干泪水点点头，他要为梦想去拼搏，只要活着就有成功的希望。

站在似火的骄阳下派发宣传单，冒着倾盆大雨骑单车去送水，年轻人像一只小小的蜘蛛，用身体在大街小巷织出一张密实的网，网上凝结着他那永远干不透的汗水。

如今，这个年轻人经常喜欢哼唱一首歌，"放飞梦想抹去悲伤，拥抱暖阳让笑容留在脸上。放飞梦想点亮希望，重新登场做个潇洒的亮相。放飞梦想大声歌唱，挑战自我让自己足够坚强。放飞梦想青春绽放，梦想就在不远的前方"。他不再惧怕失败，因为心中的梦想已经长出了翅膀。虽然还徘徊在低空，但他相信只要肯努力，梦想就会走出那片瑰丽的梦境，并呈现在湛蓝的晴空下。

奇特的考试

吴志强

一家外资企业要聘请一批有实战能力又有开拓进取精神的营销人员。朋友在大学时是学销售的,因此,对这个企业充满激情和期待。学校根据他们班的实际情况,推荐了部分学生去应聘,其中,我朋友也在内。

因为该企业不仅规模大、效益好,而且待遇丰厚,所以,前去应聘的人特别多。里面既有久经商战的销售精英,也有初露锋芒的销售新秀。他们个个摩拳擦掌,跃跃欲试。

当时参加报名的人数足有上百,坐满了该企业会议室大厅。

笔试就在会议大厅里进行。试卷一发下,朋友就眼前一亮,发现考试的题目都是他们大学学的基本理论常识。这无疑给朋友开了盏绿灯。整个会议大厅里很多看上去是老推销员的人,个个绞尽脑汁冥思苦想。唯有像朋友那种稚气未退的部分刚毕业的大学生,操起笔如关羽操弄手中的青龙偃月刀,过关斩将,轻易闯过一道道问题的关卡。显然,这家外贸公司偏向招收一批年轻而有锐气的新人。

初次笔试后,该外资公司从百人之中有选择性地挑出了十五位进入复试。复试中,外资老板专门聘请了该市有"销售五虎"之称的五位销售界成功人士主持这次考试。让他们五人在参加复试的应聘者中每人挑三名考生进行测试。朋友则被"五虎"之一的药业股份有限公司销售部总经理赵授成主考官选中,另外选中的还有两位名叫杨决和夏小芳的考生。他们分别被叫进一间办公室进行最后的测试。

朋友这组,最先点到名的人是杨决。他进办公室后,赵授成主考官也不

多问，只是从口袋里掏出一张百元大钞，叫他去门口指定的商场买包香烟回来。

杨决在社会上厮混多年，帮别人跑跑腿他认为很正常，何况是在这种特殊情况下。于是，他拿了钱便跑到门口商场买了包烟。可杨决把主考官塞给他的钱交给收银台的时候，收银员告诉杨决，他这张钱是假币。杨决不信，拿回钱仔细看了看，发现那钱真的很假。杨决脑子灵活，立即意识到，这哪是测试，这是主考官变着法儿向他们索贿。他毫不犹豫地摸出自己的钱包，自己掏出一百块钱再次交给收银员。出门时，他把那张假币撕得粉碎。主考杨授成心安理得地接过杨决的烟和找回来的零钱。说了句："你测试完了，明天来看结果。"久经职场的杨决还是头一次碰上这么轻松的考试，他为自己的聪明之举暗暗得意。

其次点到名的是那位叫夏小芳的考生。他进办公室后，杨主考官也没多问，只是又从口袋里掏出一张百元大钞，也叫她去门口指定的商场买包香烟回来。尽管夏小芳不太愿意，还是捏着钱去了商场，遭遇和杨决一样，收银员告诉她，那张钱是假币。夏小芳也没多想，就把烟放了回去，捏着钱空手回到测试室，如实告诉杨受成主考官，说："这张钱是假币。"哪知主考官坚决地说："不，这张钱是真币，你再去其他商场试试。"夏小芳又匆匆捏着这张钱到另外一家商场去买烟，结果，她遭到了同样的尴尬。夏小芳又把钱带了回来。可主考官的态度仍是那样肯定。这次把夏小芳弄糊涂了。她决定去银行的柜台前把钱验一下。钱一放进点钞机，点钞机马上疯狂地叫了起来："请注意这张是假币，请注意这张是假币。"夏小芳这次心里有底了，回去再次告诉主考官，这张钱的确是假的，主考官很不以为然，说："是银行的验钞机出了问题，我的钱是真的！"这次，夏小芳又没了主意。捏着钱，不知如何是好。这时，主考官说话了："你测试完了，明天过来看结果。"

最后叫到朋友的名字。朋友进办公室后，主考不多问，也是交给他一张钱，叫他到门口的商场去帮忙买包香烟。朋友家和我家一样，父辈都是做生意的，经常坐店收钱。因此，他从主考官手里刚接过钱，便意识到钱是假的。

当着主考官的面,他就指出,这钱是假的。主考官看了一眼朋友,肯定地说:"这钱是真的,不信你去商场试试。"朋友笑了笑说:"主考官,不用试,这钱根本买不到东西,你看钱的颜色这么绿,又没防伪图案,细心人一看就能看出它是一张废纸。"主考官不听朋友解释,坚决地说:"这是真钱,你买东西就知道了。"朋友见状,把钱往桌上一扔,生气地说:"我是来应聘的,不是帮你用假钱去蒙人的。"说完,转身就准备出门。主考官慌忙站起来,说了声:"你测试完了,明天过来看结果。"

因为朋友眼光敏锐,且坚持自己的主见,在这组测试中,他成了唯一被录用的人。

与善良的眼睛对视

余显斌

一

在学校里，张雯雯从来不愿谈自己的妈妈。

刘小晓皱着眉头说，她妈妈特烦，每天早晨起来时都会对她说，丫头，要喝牛奶，牛奶有营养。说着，刘小晓模特一样转了一个圈儿，说自己本来是个赵飞燕，走路弱柳扶风的，现在倒好，成了一个杨贵妃。

吴叶说，她老妈更麻烦，经常偷看自己的日记，还脸不变色心不跳地扬言，这是关心她丫头成长。

看张雯雯不说话，两人都说："张雯雯，你老妈一定很通情达理。"因为，她们从来没听到张雯雯说过她老妈的坏话。

张雯雯低着头不说话，眼圈慢慢红了。

两人吓了一跳，连声问道："张雯雯，你……你怎么啦？"

张雯雯狠狠擦一把泪，一咬牙说："我没妈妈。"

"怎么可能？"两人瞪大眼睛问，心说，没妈妈，难不成你是孙悟空，从石头缝里蹦出来的？

过了许久，张雯雯扔下一句话："她不要我了。"说着，眼泪流了下来。

二

张雯雯很小的时候，爸爸出车祸去世了。此后，妈妈、奶奶、张雯雯就相

依为命,生活在一起。那时,张雯雯依偎在妈妈的怀里,吃着苹果,嘎嘎嘎地笑着,很幸福。

妈妈的怀抱,就是张雯雯最温暖安逸的港湾。

有一天,幼年的张雯雯在妈妈的怀里抬起头,看到妈妈的眼睛里竟然还有自己,也在吃着苹果,就很惊奇地叫道:"妈妈,我在你的眼睛里了。"

妈妈笑了,抱着她亲着道:"乖,妈妈也在你的眼睛里。"

母女二人咯咯地笑着,笑声在张雯雯幼年的天空中飞扬,很快活很快活。张雯雯就是在这快活的笑声中度过自己快乐的童年的。

三

在她初中的时候,妈妈突然决定出去打工。妈妈拉着她的手说:"雯雯,和奶奶在家待着,妈妈去挣钱,好吗?"

张雯雯哭了,她舍不得妈妈离开,更不愿意妈妈去远方,她的眼泪如露珠一样,一颗一颗滚了出来。

妈妈拉着她的手,也哭了,眼泪一颗颗落在张雯雯脸上。

艰难的日子,让妈妈脸上有了皱纹,有了岁月的印迹。可是,在张雯雯的眼中,妈妈依然是美丽的,和当年一样美丽,她的眼睛仍然像自己童年时看到的那样,亮亮的,如天上的星星。

妈妈嘱咐:"你要懂事,要照顾好奶奶。"

妈妈还说:"雯雯,好好学习,千万别让妈妈失望。"当天,妈妈背着行李就走了,远远地回头给张雯雯招着手,然后消失在张雯雯视线的尽头。

四

很多人说,这么长时间了,张雯雯的妈妈都不见回来,一定是扔下张雯雯和奶奶,一个人走了。张雯雯不信,妈妈是爱她的,妈妈决不会这样。于

是,她就打电话问妈妈。开始的时候,妈妈接到电话笑着说:"傻孩子,怎么会呢?妈妈最爱雯雯的。"可是,不久以后,妈妈就不再打电话回来了,接到电话,也只是静静地听着,从不回话,也不像过去那样问奶奶好吗,问雯雯的学习。

她感觉到妈妈变了,甚至怀疑别人说的都是真的。

不过,妈妈的信息倒很多,在信息中常常道,雯雯,妈妈想你;或者说,雯雯,两年了,你又长高了吗?照顾好奶奶。

张雯雯说:"妈妈,回来吧,我和奶奶都想你。"

妈妈在信息里回道,需要在外面挣钱。

两年多来,妈妈一次也没回来过,不过钱却不断地汇来,一月两次。张雯雯接到钱,再也忍不住了,在电话里道:"妈妈,我们不只是需要钱,还需要爱。"那边,妈妈不答话,只是传来压抑的啜泣声。

五

那天,学校组织体育活动,张雯雯不小心从单杠上摔下来,昏了过去。又一次,她看到妈妈,妈妈向她走来,妈妈的眼睛又亮又大。

这个童年的情景,经常出现在她的梦中。

梦里,她靠在妈妈的怀里,啃着一个大苹果,一抬头,看见妈妈的眼睛像星星一样亮,她的身影清晰地出现在妈妈的瞳仁中,她又孩子似的笑了:"妈妈,我看见我了,在你的眼睛里。"

耳边,传来奶奶的声音:"醒了,醒了。"

接着,几滴热泪落下来,落在她的脸上。迷迷糊糊中,她微微睁开眼睛,看见洁白的病房,挂着的吊瓶,还有一双亮亮的熟悉的眼睛望着她。她迷迷糊糊地轻声喊道:"妈妈。"

一双手伸过来,轻轻擦拭她流出的眼泪。

六

可是她清醒后才发现,那是一个陌生的阿姨,并不是妈妈。奶奶在她昏迷时,打了妈妈的电话,这位阿姨就来了。

"妈妈呢,她怎么不来?"她不高兴地问道。

阿姨落了泪,亮亮的眼睛里蒙着一层薄薄的雾。她告诉张雯雯,她的妈妈再也不会回来了,一年多前,她就去世了。

张雯雯妈妈是在工地打工,那天,她听到一个女孩喊妈妈,思念女儿的她抬起头去望,一块砖恰好从高处落下来,砸在了她的头上,还没送到医院,就不行了。当时,这个阿姨眼角膜坏死,住在医院里。妈妈知道后,答应把眼角膜捐赠出去。临死前,妈妈拉着这个阿姨的手,断断续续道:"我想——雯雯,我——想雯雯奶奶。"并且请求她,眼睛医好后,代替自己去看看她的雯雯和奶奶。阿姨说到这儿,哭了。

她说,眼睛医好后,她很想来,可又不敢来,怕张雯雯接受不了妈妈死去的现实。于是,她拿着妈妈的手机,以妈妈的口吻,一遍遍发来信息,安慰着张雯雯;又担心她们的生活,就不断地给她们寄来生活费。

这次,得知张雯雯受伤,她再也忍不住了,连夜赶路,赶到这儿。说到这儿,她拉着张雯雯的手,流着泪对她道:"这是你妈妈的眼睛,让她好好看看你吧,孩子。"

张雯雯流着泪,望着这双眼睛。在这双亮亮的眼睛里,她看到了慈爱、善良,还有妈妈的微笑。

第二辑

对岸的温暖是我的天堂

那片灯光在眼中模糊了，别罗忽然觉得这个冬夜不再寒冷，因为在对岸闪烁的那一片光晕之中，他看到了最温暖的天堂。

对岸的温暖是我的天堂

包利民

　　在中俄边界,在黑龙江的岸边,住着这样一户人家,男主人斯克托夫供职于一个林场,女主人昆尼娅是附近小镇上的教师,儿子别罗上小学。这是很幸福的一家,可是那年夏天,一场灾难降临了。

　　闲暇的时候,斯克托夫常带上一只小汽船去黑龙江里捕鱼,由于是界河,他捕鱼的范围只能在岸边到江心附近的位置。黑龙江中盛产的大马哈鱼让他们百吃不厌,同时在别罗的心中,也对这条神奇的大江充满了兴趣。他极羡慕父亲,可以在风中浪里穿梭。而更吸引他的是对岸的世界,他对中国人并不陌生,镇上就有许多中国人在做生意。他所感到神秘的,是一江之隔的那个古老国度,想象不出那里是什么样子。有时在夜里,他看见对岸村庄中的点点灯光与星星连成一片,便悠然神往,他常常问妈妈:"那边多美呀,是不是就是传说中的天堂呢?"

　　那一年别罗读小学四年级,暑假的时候,他总是一个人坐在岸边,向对面观望。有一天,他发现在对岸的水边,也有个男孩坐在那里。他兴奋起来,站起身大声地呼喊着,由于江面很宽,他不知自己的声音能不能飞过大江。但他看见那个中国男孩也站了起来,扬着双臂,好似也在喊着什么。虽然他听不见,却依然很是高兴,那个夜里,他做了一个极甜美的梦。自那以后,他更是常去岸边,经常能看见那个男孩,虽然只是一个遥远的身影,可他们能够彼此观望,打着莫名的手势,也已经满足了。

　　终于有一天,别罗抑制不住内心的冲动,偷偷找出父亲的小皮划艇,费力地拖到岸边。他将船放下水,慢慢地向江中划去,流水将小船向下游冲

去,不过也渐渐地向江心靠近。别罗只想真切地看一看那个中国男孩的脸,那个身影越来越近。忽然,他听见身后的岸边有呼喊声,回头一看,父亲正焦急地向他打着手势,让他把船划回来。父亲怕他越过国境线,喊得喉咙都哑了。别罗终于听明白了,此时离江心的国界线已非常近了,他慌忙掉转船头向回划,可慌乱之中,船越来越不好控制,加上浪大水急,竟打起转来。他恐惧到了极点,奋力地挥动小桨划着,却是越弄越糟。终于一个浪头打来,小皮划艇翻了,落下水的刹那,别罗向对岸看了一眼,那个中国男孩正惊慌地站起,满脸的恐惧和担心。

看到别罗落水,斯克托夫来不及脱衣服便跃入江中,奋力地向前游着。由于是禁渔期,江中根本没有别人。这一场事故的结果,别罗得救了,父亲却永远上不来了! 别罗大病了一场,一想到父亲因自己而死,心中就会涌起巨大的悲痛。他变得恍恍惚惚,有时会逃课来到江边,面对一江流水怔怔发呆。而对岸的男孩仍在,亦是沉默。有好几次别罗都想跳进水中,是妈妈把他拉了回来。妈妈对他说:"你不是常说对岸就是美丽的天堂吗? 你爸爸就到那里去了,和那个男孩一起看着你,你再跳下去,爸爸看了会伤心的!"

那年的冬天格外冷,黑龙江也冻得严严实实。别罗依然常在岸边,寒冷对于他来说仿佛不存在,可他再也不想徒步从冰上走到江心去,这条吞没了父亲的大江,让他有一种本能的悔恨和恐惧。有一天他发现,对岸的男孩拿着一只水桶样的东西在忙着,不知做些什么。他好奇地看着,见那男孩在桶里装满水,然后冻出了一个个桶样的冰块来。忙了许久,那个中国男孩站起身,扬手向他比画着,他看了半天也没明白是什么意思。只是见那男孩把那些冰块在岸边摆放着,不知他要做什么。

那天晚上,别罗站在院子里,偶然间向江那边看了一眼,忽然发现江那边的岸上亮起了灯光! 他大惊,穿上厚厚的棉衣向江边跑去,妈妈不放心,连忙跟在后面。到了岸边,他看清了,那些白日里冻成的冰块之中,都亮起了暖融融的灯光! 别罗知道那是最简易的冰灯,在冰里面放上点燃的蜡烛,只是那些灯火似乎被摆成了很有规律的模样。转头间见妈妈的眼睛湿了,妈妈对他说:"那是四个中国字,'爸爸爱你'!"那一刻,遥望那一处灯光,还有光亮中那个男孩的身影,别罗终于相信,对岸是美丽的天堂,父亲就是去了那里。而那个中国男孩,就是善良的天使!

那片灯光在眼中模糊了,别罗忽然觉得这个冬夜不再寒冷,因为在对岸闪烁的那一片光晕之中,他看到了最温暖的天堂。

总有一些花朵，会在夜里开放

张军霞

　　"亲爱的，我的视线越来越模糊。也许，等不到明天，我就什么都看不到了，从此将永远生活在茫茫黑夜中……"清晨，70岁的郡乔·鲁滨逊，站在自己家中的花园里，仰望天空，贪婪地捕捉黎明的第一缕阳光，而他和妻子希瑟说话的语气，却充满了无奈的伤感。

　　早在半年前，鲁滨逊就感觉自己的眼睛出了问题，他去医院检查，医生在仔细诊断之后明确地告诉他："很不幸，由于多种疾病的侵蚀，你将会慢慢失明。"刚开始，鲁滨逊没有办法接受这样的坏消息，他甚至拒绝治疗，说是如果什么都看不到了，不如趁早离开这个世界。

　　是啊，鲁滨逊怎能不难过？身为一名退休的园艺工人，在过去几十年的光阴里，他每天最主要的工作就是为花草们施肥浇水，修剪枝叶，认真观察它们点滴的变化，力争将花儿最完美的一面呈现在人们面前。退休之后，他开始精心打造自己家的小花园，每天都乐此不疲。可是，这样一位如此痴爱着花卉的老人，将再也没有办法欣赏自己亲手打造出来的缤纷世界，就好像音乐家失去了听力，美食家失去了味觉，那该是怎样的疼痛和残酷呢？

　　希瑟非常担心丈夫的状况，千方百计想要安慰他。一天晚上，希瑟打开窗户，指着窗外的一株玫瑰，仿佛自言自语一般说："真好呀，又长出来好几个花苞！"鲁滨逊默默地到窗前站了一会儿，却什么话也没说。

　　第二天清早，鲁滨逊刚刚起床，就听到妻子在院子里喊道："亲爱的，昨天晚上我们看到的那些花苞，都已经绽放了！多漂亮呀！"他走过去，小心翼翼靠近花儿，深深地嗅着花香，又用手轻轻触摸着那些柔软而美丽的花朵。

　　"你看，总有一些花朵，会在夜里慢慢开放。"希瑟小心翼翼地对丈夫说，

"这就好像你虽然失去了视力,还可以用鼻子和手来亲吻花朵一样。因为世界并没有改变,它还是那样美丽,而你只不过是换了一种方式和它亲密接触!"

妻子的一番话,渐渐驱散了多日来盘踞在鲁滨逊心中的阴霾,他忽然明白了自己应该怎么做。接下来的日子,鲁滨逊趁着眼睛还能看得见,认真学习了很多花卉种植方面的知识,又以做卡片的办法做笔记。更重要的是,他不再逃避自己的病情,每天都在花园里来回走动,努力记住每一盆花的位置,每一朵花的样子。

不久后,就如医生所断言的那样,鲁滨逊真的完全失明了。他仿佛早就准备好接受这样的结果,每天早早起床,摸索着走过花园的每一个角落,手里拿出工具,时不时停下脚步,凭着之前的记忆,为这株花松松土,再为另一株花浇浇水。不了解内情的人,根本看不出来这是一位失明的老人。

有付出总会有回报。在鲁滨逊的精心照料下,他们家的花园,不但没有因为他的失明而凋零,各种花卉反而比从前开得更加灿烂。一次,有一位记者无意中看到了鲁滨逊的花园,正巧电视台准备举办一次家庭园艺比赛,他在征得了鲁滨逊的同意之后,对着花园拍摄了一段长长的视频。

最终,鲁滨逊的花园从几百个参赛者中脱颖而出,令观众们难以置信的是,如此美丽的花卉,居然是一位双目失明的老人亲手打造出来的! 从此,鲁滨逊的花园变得家喻户晓,每天总有人慕名前来拜访,更有人向鲁滨逊请教花卉管理办法。对于来访的客人,鲁滨逊总是热情接待,除了耐心讲解,还会送他们一些花种。

一天,有位叫丽莎的6岁女孩,在父母的陪伴下来到鲁滨逊家。就在半年前,因为一次车祸,小女孩失去了左脚,她对生活一度无比绝望,直到在电视中看到盲人鲁滨逊打造的花园,她惊呆了,一定要亲自来拜访这位了不起的园艺师。

"爷爷,你的眼睛什么也看不到,会不会很伤心?"面对丽莎天真的提问,她的父母有些尴尬。鲁滨逊却低头嗅了嗅花朵,微笑着说:"亲爱的,我曾经因为失明而非常伤心,直到有一天,夜晚的风,从窗外吹来了花朵的芳香,我终于不再绝望。因为,总有一些花朵,会在夜里悄悄开放……"

最美的广告

陈振林

　　李二林在城东开了家小餐馆，名字叫作"都来"餐馆。开业一个多月了，没多少顾客。可是，这几天好像出鬼一样，来"都来"餐馆吃饭的人是一天比一天多。来他这儿吃饭的人都笑呵呵的，时不时地朝老板李二林瞄上一眼，有的还会问上一句："老板，你真的是李二林吧？"

　　李二林就笑："我怎么不是李二林呢？开餐馆的李二林，三十多岁了还没找老婆的李二林，一人吃饱全家不饿的李二林，如假包换。"说着，他自己哈哈大笑起来。

　　李二林想，大概是餐馆的名字起得好，"都来"。"都来"，也就是都来啊，还是老同学杨涛会想，当初起名时杨涛想过好多好听的名字，都让李二林给否决了，他就喜欢"都来"这两个字。又一桌子人吃完了，结账的人又问："你是老板李二林吧？"李二林忙不迭地点头。算下来263元，那3元的零头是可以不要的，但人家丢下了270元，说："不找了吧。谢谢你了。"听了这话，李二林就更纳闷了，零头不免去不说，还多给了几元钱，而且，还加上了句"谢谢"，应该是我开餐馆的谢谢客人才是啊。

　　李二林真是一头雾水，恰好杨涛这时打来电话，李二林正想问他这个问题，不想杨涛倒先开口了："好个李二林，你这几天餐馆的生意一天比一天好吧？"李二林说："是，是，真不知是什么原因呢。"杨涛笑了笑，又说："你不知道是什么原因？你是狗子长角——装羊（佯）吧。你想想，你在上周六的时候做过什么没有？你现在的名气可大着哩。"杨涛没有多说，便挂了电话。

　　上周六一大早，李二林就骑着电动车往菜场赶，这是李二林每天必做的事。要是去迟了，会难买到新鲜的菜。走到长青路口，李二林见围了好大一群人，本来他是不想停下来的，但人太多，实在走不过去。他停好电动车，去看看到底发生了什么事儿。他挤过去一看，原来发生交通事故了。听人群议论是一个骑着摩托车的小伙子，将一个六七十岁的老婆婆撞倒在地，小伙子却一溜烟跑了，丢下了被撞成重伤的老婆婆。身边围观的人不少，但就没有人将老婆婆送到医院。有人说："谁送了就说是谁撞的，谁能说得清楚？"一个大个子就说："就是就是，上次我送过一个出了车祸的人，人家非得说是我给撞的，我赔上了 500 元钱才平息。"

也有人打了 110 和 120，但没有结果。一个中年妇女说："要是能联系上老婆婆的儿子该多好啊。"李二林见了，叫来一辆的士，一把抱起已经昏迷的老婆婆，送到了医院急救室。旁边就有人说："这下好了，老婆婆的儿子来了，都不用担心了。"医生抢救了 3 个多小时才将已昏迷的老婆婆从死亡线上拉回来。医生对李二林说："好小子，要是迟来 10 分钟，你妈的生命就没了……"李二林只是傻笑。醒过来的老婆婆拉住李二林的手，眼里满是泪水。李二林忘了带手机，就借医生的手机，和老婆婆的儿子联系后走了。李二林要急着忙乎自己的餐馆生意了。

可是，这件事和我餐馆生意有联系吗？李二林还是想不通。

下午的时候，杨涛来了，没说话，只是打开自己随身带来的笔记本电脑，打开了一个网站。网页上有一行字：人肉搜索，救人不留名的义士。然后出现了一张照片。这照片李二林好像在哪见过，他又细细一看，照片上的人不正是自己吗？那场景，不就是上周六老婆婆被撞的现场吗？原来在他李二林抱起受伤的老婆婆的时候，有人用手机拍下了一张照片。接着就有很多网友的留言：

"原来那救人的小伙子不是老婆婆的儿子啊！"

"大伙看看照片，有没有谁认识这救人的小伙子啊？"

"在我记忆中，我好像在哪个餐馆见过。对了，城东的'都来'餐馆的小伙子就是这个样子吧。"

"我听人叫他李老板，他名字叫作李二林。"

"我们知道这事的人都到'都来'餐馆去照顾李二林的生意吧。"

"这个主意好。"

李二林这下明白了，他想了想，对杨涛说："你替我回个帖吧，就说，李二林不是救了个老婆婆，是救了个母亲。天下母亲都是天下儿子的母亲，我们做儿子的是天下母亲的儿子。"

杨涛一边打字，一边觉得有泪水从眼中流出。

枯根朽蔸上开出梦想之花

程应峰

　　他出身卑微，家境贫寒，没受过正规教育，但他热爱根雕艺术，甚至到了迷恋的程度。工作之余，一有机会他就往枯根朽蔸处搜寻，别人去过的地方他去，别人没去过的地方他也去。他天南海北地搜集了许多枯根朽蔸。

　　那时候，他对根雕只是热爱，并没想过这些根根蔸蔸将来能给他带来什么。他的业余时光、他为数不多的钱，一点一滴都消耗在了这些在别人眼里"破破烂烂"的玩意儿上。有人说他傻，要那些东西做什么，他听后冲那堆枯根朽蔸一笑。旁人并不知道，那时，他的心中，一直埋着一粒种子，那就是要成为一个艺术家。多少年过去了，他从不言弃，一直怀着这个美丽的艺术梦想。

　　不幸的是，在一次开山爆破作业中，雷管伤了他的一只手和一条腿。他失业了，断了经济来源，还因治疗欠下了不少债务。在他人或同情或怜悯或嘲笑的目光中，他学会了沉默，学会了思考。

　　那些日子，他坐在家里，面对那堆枯根朽蔸，堵得心里发慌。终于，他鼓起勇气，拜师学艺，走上了根雕艺术之路。其间，他凭着一点薄弱的雕刻技术和能吃苦的精神，在临摹上苦下功夫，创作了一件题为"金龙戏珠"的根雕作品，被台商以万元高价买走。无疑，这对他是极大的鼓励。

　　小小的成功激励着他，为寻求根雕艺术的真谛，不久后，他又揣着还债后所剩不多的钱，踏上了追梦之旅。这是一个寻求艺术真谛、寻求尊严的艰难之旅。那些日子，为了两个馒头，他给人画过像；因为居无定所，他当过街边的流浪汉，甚至被当成小偷抓进过收容所……当时的他，甚至没有了活下

去的勇气。"不怕，眼睛还在动，就能活"，当他面对生活的诸多挫折、忍无可忍地准备以自杀来结束苦难时，母亲在他临出门时说过的一句话乍然响在他的耳畔。正是这句话，将他从死亡线上拽了回来。"是啊，只要还能动，总会闯出生路的！"

此后，他遍访根雕名师，诚心学艺。几年后，他的根雕技艺日趋精湛，创业的设想也在苦苦酝酿中成熟。他回到了老家，以从未有过的勇气，贷了平生第一笔巨款，开始悉心摆弄那堆"破破烂烂"。做，远没有想象的简单。从事根雕艺术，要经常外出寻找合适的材料，有走不完的山路，这对身有残疾的他来说，是一个考验。一次，一位朋友告诉他，100 多千米外的地方有一块做根雕的好料，他一听马上就坐车赶了去，没想到下车后还要走 30 多千米山路。顺着崎岖不平的羊肠小道走了大半天，他累得趴在地上直喘粗气。不一会儿，又下起倾盆大雨，山路更加泥泞难行，一不留神，脚底一滑，他从山坡滚了下来。他想放弃这块好料，但转念一想："真没出息，这点痛苦算什么？"他咬着牙，硬是拄着拐杖到了目的地。

因长期使用刻刀、锯子、电磨等工具，他的双手到处是伤痕。一次，他连续工作了五六个小时，一不留神，锋利的刻刀划破了手臂，鲜血汩汩地流出来，他二话不说，包扎好伤口又继续干。长年的努力，他终于练就了一手绝活，从他的刀下雕刻出的根雕作品既具自然美，又具雕琢美，栩栩如生，形神兼备，《龙飞凤舞》《八仙过海》《金龙戏珠》等作品在国内外根雕展上屡获大奖。

枯根朽蔸看起来不起眼，但一经雕琢，就有了灵性和灵魂，如花璀璨。一如身有残疾的他，在经过生活的雕琢打磨之后，才实实在在有了生而为人的尊严。当别人问他有什么秘诀可以取得如此骄人成就时，他说，没什么秘诀可言，一个胸怀梦想、永不言弃的人，哪怕自己是枯朽的树根，只要悉心雕琢，总有一天会开出花来。

他就是著名的根雕艺术家——江南旺。

心智是银，行动是金

程应峰

　　12 岁时，他对英语产生了浓厚兴趣。每天，无论刮风下雨，他都要骑自行车到杭州西湖畔的一个小旅馆学英语。当时，许多外国游人到杭州旅游观光。一有机会他就免费为他们当导游，四处游览的同时练习英语口语。1979 年，他同来自澳大利亚一个家庭中的两个孩子一起玩了 3 天，成了好友。6 年后的暑假，他应邀去澳大利亚住了几个月。这次澳大利亚之行，实实在在让他开了眼界，长了见识。

　　他说不上很聪明。高考，他考了 3 次，才被当地一所普通的大学录取。大学校园，常以英语成绩论英雄。这样一来，他便如鱼得水，很快当选为校学生会主席、杭州市学联主席。毕业时，他成为 500 多名毕业生中唯一一名留校任教的应届毕业生。5 年的教书生涯中，他一直梦想到一家公司去工作。1992 年，商业环境开始改善，他英语好，便信心十足地去应聘肯德基总经理秘书职位，但被拒绝了。随后他应聘了许多工作，依然没有人要他。为生存下去，他一边为海博翻译社当翻译，一边背着麻袋走义乌、闯广州，去进一些有卖点的货，甚至销售过医药。

　　1995 年，他以某贸易代表团翻译的身份前往西雅图。在西雅图，一位朋友首次向他展示了互联网。他在雅虎上搜索"啤酒"这个单词，没有搜索到任何有关中国的资料。他问："为什么有些能搜索到，有些搜索不到？"朋友告诉他："要先做个 homepage，放到网上去，然后，全球人都能搜索到了。"他马上想到应该给海博翻译社做个 homepage。按照他的想法，制作人员在海博翻译社网页写明了报价、电话和信箱。当天晚上，他收到 5 封回邮。是来

自日本、美国、德国的客户询问翻译价格，最后一封来自海外华侨，是个留学生，来邮中他兴奋地说："海博翻译社是他在互联网上看到的第一家中国公司。"那一刻，他感到了互联网的神奇。一闪念之后，他决定创建一个网站，注册"中国黄页"这个名称。他借了2000美元，创建了这个公司。但因没有过硬的技术支撑，加上资金周转困难，一年后，他所在的公司被中国电信合并。中国电信在公司董事会中占了5个席位，而他的公司只有2个席位，他提议的每件事均被拒绝，就像蚂蚁和大象博弈一样，根本没有任何可以发展的机会。他痛定思痛，决定辞职单干。

1999年，他决定建立自己的电子商务公司。说干就干，他召集了18个人，对他们描绘了自己的构想，两个小时后，与会的人都开始掏腰包，一共凑了6万美元——创建阿里巴巴的第一桶金。他设想的是建立一家全球性企业，因此选择了一个具有全球性的名字——阿里巴巴。除了易拼写，《一千零一夜》里"芝麻开门"的故事也家喻户晓，容易被人记住。

阿里巴巴在运作过程中，每一分钱都用得非常仔细，公司的办公地点就选在了他的公寓里。1999年阿里巴巴从"高盛"获得了资金注入，2000年又从"软银"获得了投资，公司规模开始扩大。他打出"全球视野，本土能赢"的理念，自己设计业务模式，竭力关注产品质量，关注如何帮助中小企业赚钱，让"点击、得到"迅速成为现实。

阿里巴巴也曾走入迅猛扩张的误区，在互联网泡沫破裂后，阿里巴巴网站拥有的现金只够维持18个月，许多用户都在免费使用其服务，他却不知道如何获利。如此失意的时候，他不断地给自己打气、加油。他告诫自己："人，生来不是被打败的，没有谁能打败你，除非你自己。"他明白，当自己的力量微不足道的时候，就必须学会专注，学会运用大脑的思考力，而不是意气用事。他坚信：只要有一颗捕捉机遇的心，一切都来得及。

2002年，阿里巴巴终于开发出一款新产品，为中国的出口商和美国的买家牵线。就这样，公司从困顿中走了出来。到2002年底，实现了盈利，跨过了盈亏平衡点。自那以后，公司的经营业绩逐年攀升。时至今日，阿里巴巴已成为一家超强的上市公司。

　　他叫马云，央视二套《赢在中国》节目曾介绍过他。他在经历了一次又一次失败后，最终成了阿里巴巴集团的总裁。当主持人问他凭什么可以取得如此骄人的成绩时，他说，如果说有一点点成功，那是因为自己在并不顺畅的人生中明白"心智是银，行动是金"这样一个道理，独到的眼光加上永不言弃的信念，就一定会博得成功的机会。

谁在北风里等你

梦 芝

妞妞第一次看见继父的时候，是他和母亲结婚后的第三天。四月的阳光明媚，可她的手却冰凉。虽然说父亲已经离开了这个世界，但是在她的心中，却把母亲再婚看成是对父亲的背叛。不过父亲已经不在了，她和母亲是这个世界最亲近的人，她无法恨她，只能把这份怨埋在心里，她的心也因此坚硬如铁。

母亲拉着她的手说："妞妞，快喊爸爸。"她冷冷地看着面前这个个子魁梧眼睛却小小的男人，好半天才从牙缝中挤出一个字"爹"。她执拗地认为"爸爸"是一个很神圣的称谓，也是她对那已经在地下的父亲的专称。面前的他不过是一个与她毫不相干的人，怎么配得上如此神圣的称谓？而且她拿定主意，"爹"也只喊这一次。

"唉，唉……"他叠声答应着，一双小眼睛眯成了一条线，溢满笑容的脸上闪耀着光芒。继父一辈子没有娶亲，更没有孩子。而且在他心中，"爸爸"和"爹"是没有区别的。

继父把家里最敞亮的那间屋子给了她。他说："妞妞，以后，咱们就是一家人，你需要什么给我讲……"看到她冷漠的脸，他又改口说："如果你不想对我说也不要紧，你就对你妈说。我们一定会买给你的。"

她别开脸，心中对他说："我什么都不会要你的。"

母亲和继父的感情很好，但是他们越是和睦，她就越愤慨。可是转念一想，如果他们感情不和，她会开心吗？她陷在矛盾中无法自拔。

她每天吃完早饭，就躲出去在大街上闲逛，一直到中午吃饭的时候才回家。她不想看见母亲和继父在一起说笑,更不想看见继父的目光,那目光带着几分探测,带着几分怜惜,还有几分讨好。

八月的一天,母亲突然对她说:"妞妞,城里的高中招生了。你爹说托人给你办进去,让你接着去上学。"面对母亲满眼的期盼,她倔强地摇了摇头说:"他不是我的爸爸,我不会听他的安排。"看着失望至极的母亲,她还有句话没有说出口:"他不是我父亲,凭什么管我的成长?"

对于她来说,上学是心头永远的痛。中招考试那年,父亲突然患了急病去世,家里失去了顶梁柱,同时也失去了经济来源。背着几乎崩溃的母亲,她撕了高中录取通知书。可是天知道她有多么喜欢上学,自从撕了录取通知书,她就连做梦都是在高中校门口徘徊。

知女莫若母,母亲最懂她心中的遗憾。她明白,母亲再婚一定是为了自己。可越是这样,她就越不接受。她的拒绝让母亲又伤心,又失望。而她又何尝不纠结?要知道断然拒绝只是点头摇头的瞬间,过后的患得患失却最折磨人。她终于无法承受这样的折磨,病倒了。

她躺在床上,发烧到39 ℃,头晕晕乎乎地直发蒙。但是当继父和母亲说要送她去医院的时候,她却竭力反对。他板着脸极为严肃地说:"妞妞,这一次再也不能由着你的性子,看病要紧。"说完他准备拉起她。

她又急又恼,一把推开他的手,大声嚷道:"我爸爸从来不逼着我去医院。你不是我爸爸,才会逼着我去那个鬼地方。"一瞬间,他像一尊雕塑定在那儿,脸上也露出古怪的神情。

她没顾得多说,又一阵眩晕。朦胧中听见母亲说:"妞妞从小就怕进医院,后来她爸爸在医院去世,她对医院便更加恐惧……"

她醒过来的时候,感觉一只粗壮有力的手正捏着她的左脚,手里拿着一个东西正使劲儿地刮着,屋子里弥漫着一股浓郁的酒味儿。与此同时,一阵阵温暖从脚心涌进体内,人也舒服了许多。

她刚要睁开眼睛,却传来一阵轻柔的说话声,是继父的声音。"你不要着急,妞妞不会有事的。我小时候生病发烧,我爹就是用刮痧这个土办法给

我治好的。"

"那你刚才为什么不用这个办法？非得逼着孩子去医院。"母亲有些嗔怪道。"嘿嘿，我是怕你误会我是继父，舍不得给孩子治病。而且妞妞这个孩子你也知道，她如果醒着，怎么会让我给她刮痧？"她眯起眼睛，只见继父坐在床尾，正使劲给她刮脚心，他的额际渗出些许小汗珠，窗外的阳光斜射进来，照在他的脸上，一层慈爱的光芒。

就像继父说的那样，刮痧是土办法，却真治好了她的病。

她参加了工作，虽然是新人，在单位却颇受照顾。后来才知道，原来是继父拜托他们照顾她。

那年冬天，出奇冷。有一次她上夜班，呼啸的北风刮得震天响，路灯都被大风挂掉了。望着单位大门口外黑黢黢的大街，她不禁犯怵。但总不能因为害怕就不回家吧？她硬着头皮，犹犹豫豫地向家走去。

就在这时，一束手电筒光在门口外亮起来。一个熟悉的声音被北风吹散在夜色里："是妞妞吗？不要怕，我来接你了。"

是继父！她赶紧跑过去，只见继父手里拿着手电筒站在门外瑟瑟的寒风中。她的心中一阵紧缩，问："你什么时候来的？为什么不喊门？"

他嘿嘿笑了："没多久。我喊门，可是风太大，门房根本听不见我的喊声。我索性就在这儿等你出来……"

在零下十多摄氏度的大街上，在呼啸的北风中，他竟然站了足足一个小时。望着他被北风翻卷起来的凌乱衣角，一股热潮涌上她的喉咙，她脱口喊道："爸爸！"

继父愣了一下，随即大声回应："唉，妞妞，咱们回家。"他用手电筒照亮前面的路，说："天黑，你在前面走，我在后面。"

她在前面走了，想：除了父亲，还会有谁愿意在寒冷的冬夜、呼啸的北风中等你，并给你照亮回家的路?！这样想着，她的泪止不住地往外涌，而她的心在那个冬夜也变得水一般柔软。

这个世界为什么欣欣向荣

高小宝

一

他是一位卖早点的小商贩,每天凌晨3点他就得起床和面、择菜、蒸煮,六点半之前他必须出门。他的营业摊点在一个十字路口,每天早上他把三轮车往那里一停,便陆续有急匆匆的上班族前来购买。在这座城市他已经卖了4年早点,光顾他的顾客多半都熟悉他。他笑容可掬地收钱找零,递给他们食物,忙得不亦乐乎。据他粗略估计,4年来从他手中卖出去的早餐就有70万份。他从来不觉得卖早餐有多苦,反而感激城市给他提供了这么一个挣钱谋生的方式。是的,的确是感激,他供着两个孩子上大学,如果不卖早点,他都不知道孩子的学费从哪里来。

二

她是一家饭店的服务员,工作就是端着盘子来回穿梭于饭桌之间。每个月她可以休息3天,一年有300多天她都重复着同样的动作——从厨房将盘子端出,再送到顾客面前。她记不清究竟端过多少个盘子,也没想过端盘子能给城里带来什么,她只记得不要把汤汁洒出来,不要不小心打了盘子,每个月能按时领到薪水。这样的工作在别人看来枯燥乏味,但她很珍惜。她知道自己没多少文化,居然可以找到这样一份安身立命的工作;她也不觉

得端盘子有什么不好,饭店里面有空调,冬暖夏凉,无论是环境还是收入,比乡下不知要强多少倍!何况饭店还管吃管住,她每月都能把大部分收入寄回老家,这样弟弟妹妹可以生活得更好一些,书也能念得更多一些。她很快乐、很知足,每天都笑吟吟的。

三

太阳炙烤着大地,似乎都能冒出烟来。他戴着安全帽,蹲在滚烫的模板上熟练地绑着钢筋。从早上到现在,他一直没停,汗水顺着脸颊流下来,衣服也已湿透,手上厚厚的胶皮手套磨出了一个个洞,他一天工作9个小时,报酬100元,这个工作,他干了5年。有时蹲得时间长了,他站起来舒展腰身。在高高的楼顶上,他放眼望去,周围有好几个已建好的楼盘都曾经流下过他的汗水,每当这时,他就觉得特别自豪,特别有成就感。他心里盘算着,这些年攒下的钱,可以在老家盖一座房了,装修还缺点,等这个工程干完,差不多就够了,接下来再给自己攒点养老钱……这么一想,他觉得浑身都是力气。

四

保姆王阿姨刚把孩子哄睡着,就急着出去买菜。她一路疾跑着,小孩睡觉轻,如果醒来没看到她,就会哭闹。每次出去买菜,她都是小跑。王阿姨每天的生活程序基本是固定的,按时做好三顿饭,吃饭时,先照顾小孩吃,再哄孩子睡觉,然后自己很快把饭吃完,洗碗,收拾家务。晚上睡觉得时刻警醒着,一旦孩子有动静,就必须起来看一看,每夜至少四次。这样的生活,她已过了近10年,帮助6个家庭照看过孩子,每次离开时,孩子搂着王阿姨的脖子哭着不放,弄得王阿姨也是满脸的泪。

五

又到了换班时间,他已经连续上了一个月的夜班,明显有了黑眼圈。下班后,他顾不上洗漱,就一头栽倒在床上睡着了,直到下午5点他才起来开始吃第一顿饭。饭后,他走着去上班,交接班时,拿着笔记本巡视小区里的车辆,清点好数目,然后坐在10平方米的保安室值班。上夜班的时候,前半夜还好,小区门口有业主纳凉,还能说说话,等到了后半夜,就只有他一个人在空荡荡的小区来回转悠。夏天,保安室没有电扇,只能把窗户打开透风,他趴在桌上没几分钟,就被蚊子叮出几个包;冬天,保安室如同冰窖,他不得不来回跺脚搓手……但这些,他从来没向任何人抱怨过。做保安的日子,他亲手抓了5个小偷,制止了10多起打架斗殴事件,捡到归还的财物更是不计其数。这就是一个"小保安"对城市的贡献。

在生活中,总有一部分人生活得很努力,很辛苦,也很卑微,但是,他们从来没有失去对生活的信心、热爱和向往。他们散落在我们周边的角角落落,以一种倔强、乐观、安静、向上的姿态默默地付出和耕耘,为无数人提供着便捷和服务。很多时候,我总是很奇怪这个世界为什么欣欣向荣,但只要看看他们,我就能找到答案。

澄澈的告白

高小宝

他今年 52 岁，工程兵出身，现在在单位是焊工，技术高超，已连续多年被评为先进生产工作者，还曾经获得过三次市级劳模称号。最近，在单位上报的省级劳模参选名单中，他亦在候选之列。

一天，我收到一篇基层通讯员写的报道稿，是写他的。里面讲述了他鲜为人知的奉献精神和感人事迹，内容详尽，人物丰满，无疑，这篇报道一旦刊登，能对他在候选人中顺利胜出有不小的帮助。我拿给主任看，主任赞不绝口，没过几天，报道就在单位内部刊物上发表了。

这事过后不久，有一天我在办公室接到一个电话，竟然是他打来的。他严肃地说："报道中有几处与事实不符，你们怎么能不做调查就随便发表呢？太不负责任了。"语气中带着愠怒。我一时蒙了，紧张地问他，哪里不符？他说："这样吧，明天我过去纠正一下，电话里一时半会说不清。"说完，就挂了电话。

我心里彻底没底了，赶紧找出那篇报道重新仔细地读了一遍，暗暗松口气。从头至尾作者都在用一种尊敬和认真的态度在写，除了一两处用词不当外，没有什么不妥，跟以往宣传先进人物稿件一样，尽是些歌功颂德催人奋进的事例。就算有些事例失实，人家还不是为了他好？我就纳闷了，他这是唱的哪出戏？

第二天，他果真来了，穿着一身朴素的工作服，一进门，就开始发牢骚。"这小子，那天采访我说搞宣传，我不答应，后来也不知从哪搜集来的这些事……既然要写，最起码得尊重事实吧，一天到晚瞎编乱造，我哪里有那么

能耐、那么伟大?"他语气无奈中夹带着愤懑,神情气恼。看来,是真动气了!

看这架式,我不敢怠慢,赶紧请他坐下,倒了杯水,劝他不要着急,慢慢说。他让我找出那篇报道,然后从衣兜掏出一张纸,展开,手指敲着纸接着说:"有些事是有的,咋就不说了,你看这几件事气人不?"他站起来,从怀里掏出一副眼镜,戴上,微弯着腰,对照着开始给我一一罗列:"我在部队上立过两次三等功,不是他写的三次;那次参加厂里举办的劳动技能竞赛,不是我个人第一,而是我们小组第一;单位组织给山区孩子捐款,虽然那次采取无记名自由捐赠,但我捐的是 50 元,不是 100 元,这点我记得很清楚;还有说我一年到头不缺勤、不休假,我又不是铁人,这可能吗?"他一连给我指出五六处"错误",脸色因激动而略微发红。

说实话,基层通讯员写的这类报道,为了拔高被宣传人物的形象,除了通篇用溢美之词外,在细节上大多存在虚构的成分。当然,这种名利双收的事也迎合那些被宣传的人的普遍心理,一般彼此心照不宣。我工作这几年,看到不少人为了功利、荣誉、职称等不惜一切代价沽名钓誉,但从来没有出现谁因为别人把他写得太高尚了,而专门指出来澄清的。

我微微一笑,委婉地告诉他,这些小事、小细节,没人会在意,再说,作者的出发点是好的。我言下之意提醒他不要太认真,人家这样写还不是为他好,就算失真,也不会有人无聊到揪住尾巴不放。不料我话音刚落,他上下把我打量一番,然后歪着头梗起了脖子:"你们这是什么工作态度? 怎么能够助长这种歪风邪气?"我被他质问得脸一阵白一阵红,嗫嚅着把头偏向一边,不敢和他对视。

空气凝滞了,确实无话可说,对待这样古板的人,任何言语上的差错,都会让他义愤填膺。沉默半晌,正当我不知所措时,还好,他开口了,语气有所缓和:"同志啊,我清白踏实了一辈子,实事求是是我做人的一贯原则,这些事,也许别人不在意,但我很在意。你不知道,就因为这事,这阵子我被搅得总觉得自己干了什么见不得人的事,这不是厚着脸皮往自己脸上贴金吗?"

他的这番澄澈的告白,令我震惊了。真没想到,对他的夸奖居然成了他

的负担和心病。他让我感受到，在我们生活中还存在一些高贵耿直的人，他们有自己的原则和操守，哪怕是一点不实的渲染，都会让他们不安，甚至感到是耻辱。

他临走时，再三恳请我在内刊上予以更正。那一刻，我紧紧握着他的手，心中疑云消散，唯存感动和敬重。

保持通话

古保祥

大西洋某海域发生客机失事事件，一架满载乘客的客机在此地坠毁后，下落不明。美国芝加哥机场内，前来寻亲的家属哭成一片。

查理先生扶着身患重症的母亲萨姆，从郊区风风火火地赶了过来，萨姆无论如何也不能相信，丈夫西特会遭此劫难。查理先生不停地安慰着母亲：警方正在全力搜救，可能有幸存者，父亲是个礼佛的人，说不定能够幸免于难。

西特是为了萨姆的病前去伦敦的。萨姆长年有病，吃过无数药，但没有效果，她一直心情不畅，曾经有过无数次轻生的念头。一次偶然的机会，西特在网上了解到伦敦某地有个神医，建有专业化的咨询博客，将萨姆的病情说给他后，他那边十分感兴趣。西特保留了许多萨姆犯病时的记录，那位神医说想当面与之协商，顺便让他将那些病历捎给他看。就这样，西特身负重任前去伦敦，但飞机失事了，这怎能不令萨姆痛心。西特完全是为了她才遭遇此难的，如果他真的出了事情，她心中不安呀。

夜晚时分，机场工作人员为她安排了宾馆，萨姆却依然不肯离去，只是盯着播放信息的大屏幕发呆。

凌晨时分，消息传来，机上200余名乘客全部罹难，无一幸免，偌大的候机厅内，哭声一片。

萨姆依然不相信西特已经离开了人间，她不停地翻阅着西特留下的信物，包括他为了她做的所有记录，这些记录，足以表明他是如此热烈地爱着她。这些年来，他不嫌弃自己，始终对自己不离不弃的，并且还对自己体贴

入微，这让萨姆感到对不起西特。

她无意中想起来，西特临走时带有一部手机，这部手机是他过生日时，儿子送给他的。

她如获至宝地抓起电话便进行拨打，但遗憾的是，手机始终处于无法接通状态。

查理过来看望她，她一声不吭，只是执着地拨着号码，查理本来是想告诉她，医生来电话了，想让她亲自去一趟伦敦医治，但查理没有说出来，他知道她是决然不会去的。

后夜时分，西特的手机居然通了，我的天哪，这简直是个天大的惊喜，这就足以表明，手机没有被摔坏，如果有人接听的话，就更加表明一件事情，西特也许是死里逃生，现在，他可能在某个酋长的家里喝着小酒呢？

正当她的心狂热地跳动着时，电话居然有人接通了，一个苍老的声音。

她颤抖着声音问道："是你吗，西特，你果然没有死。"

那个声音回答着："你是谁呀？你找谁？我这儿只有一个英俊的小生躺着，没有一个叫西特的人。"

英俊的小生，对，一定是他，他很瘦，显得十分年轻，对，绝对没有错，她重复着这样的话。

那边老人的声音有些焦急："你是谁呀，他现在不能说话，正睡觉呢，我这里可是大西洋土著人岛屿，他刚才醒时用笔写给我说他叫洛克，没有说他叫西特。"

果然是他，萨姆的心跳到了嗓子眼里："对，他也叫洛克，他真的没有死，太神奇了，感谢老天救了他，也救了我。"

有了这个电话，萨姆的心情十分舒畅，她通知了查理，查理也喜出望外，一个劲地说着拜佛的话。他对母亲说，父亲如今一定是受了伤，我们不该惊扰于他，您现在最重要的事情就是要看病，马上将病看好，这也是父亲此行的心愿。

"可是，我觉得应该将他接回来，我有点不放心，或许他是不是爱上了人家的女儿，不过，不要紧，他的确十分年轻潇洒，不像我，被病魔缠身多年，人不像人鬼不像鬼的。"萨姆的话十分有力量。

"母亲，"查理先生笑着说道，"明天您再打个电话问那位老人，父亲他究竟怎样了，也许，他果真幸运地活着。"

第二天凌晨，萨姆打通了电话，那位老人的声音明显带着没有睡醒的沧桑感。他说道："怎么又是你呀，洛克可是说了，让你赶紧瞧病去，他受了伤，暂时不能离开，我的女儿，正在为他调治病情呢。他现在仍然处于危险期，太吓人了，一架飞机，呼啸着冲了下来，将我的宅子给撞坏了，我还想找保险公司理赔呢，不过，这个破地方我可不愿意让他们过来，任何人都不能过来，否则我这里就成了他们的天下了，一帮子'政治流氓'。"

"也许，我想找洛克接个电话。"萨姆提了要求。

"你这个老太婆，不可能的，我们这里是绝对不让他通话的，他也理解，只是让我告诉你，你赶紧瞧病去，病好了，也许可以见到他。"

萨姆挂了电话，感觉心"扑通"一声落了地，良好的心情使得她马上通知儿子，要去伦敦瞧病去。

伦敦治病期间，她又给洛克的手机拨了电话，老人家依然十分不耐烦的样子，说道："赶紧进手术室吧，我不想打击你，你只要好好活着，洛克的心情也会十分愉悦，这会使他的伤口愈合得非常快，我的女儿已经看上了他，你不会生气吧。"

"不会的，只要他活着，无论他怎样，我都喜欢他，也许，我们会同时好起来的。"萨姆的话柔软无比。

手术进行得十分成功，半年的恢复期后，萨姆的病竟然奇迹般地好转。

时间来到了第三年，萨姆与儿子查理回到了芝加哥，途经失事海域时，萨姆与儿子交涉，想在最近的机场下来，去寻找西特。

查理说道："不行啊，这是直飞，再说，大西洋海域是没有途经机场的，也许，父亲的离开是件好事，只要他活着就好，他希望您好好生活，您也希望他快乐地生活，不是吗？"

萨姆几乎每个月会给洛克的手机打一次电话问"洛克的病如何了。"

老人家与她成了熟客，说："他醒了，现在恢复得不错，只是，他已经丧失了记忆力，谁也不认得了，这件事情发生在最近，他几乎忘记了所有的事情，我打消了将他送给你的念头，我害怕他会再次受到刺激，但我要告诉你，他依然活着，与我的女儿十分熟悉，简直是无话不谈，不过，他已经忘记了你的名字，就是这些。"

就这样过了五年时间，在五年头上时，她的病情突然恶化，但比医生预测的寿命还是延长了两年。

在萨姆的葬礼上，查理先生痛哭流涕，前来吊唁的，还有一位面容沧桑的老人。他没有接受查理先生送的五年的租金，他只是向逝者深鞠了一躬后，交还了一部手机，转身离开了。

原来，当年查理先生在父亲登机前，借走了手机。事发后，为了安慰母亲，他联络了一个好心人，编织了一段感人的绵长的长达五年的谎言。

正是有了这部保持通话的手机，才使得萨姆接受了最为复杂的医疗手术，才使得她重新燃起了对生活的渴望和希望。

做一朵黄桥的荷花

余显斌

一

爱荷花,爱的是那种洁净,那种雅致,那种风韵,那种"水面清圆,一一风荷举"的情态,那种"骨香不自知,色浅意殊深"的温婉谦虚,那种"接天莲叶无穷碧"的柔情色泽。

荷花有香,可以做到"香远益清",丝丝一缕,清风之中,缭绕不散,沁人心魄,入人骨髓,让人心为之爽,魂为之醉。

荷花更有骨,可以做到"中通外直,不蔓不枝",可以做到"亭亭净植",可以让人"远观而不可以亵玩",让人长吟短叹,却不可以戏侮。

经过唐诗的润泽,经过宋词的浇灌,荷花,总是在线装书里散发着幽幽的香气,和翰墨之香荡漾在一起;总是在悠扬的箫声中,和采莲女子的歌声相互映衬;总是在红牙拍板中,和江南的黄梅戏交相辉映。

可是,荷花的美,必须有水映衬,就如珍珠,必须放在碧玉盘中;就如酒窝,必须长在美女的脸上;就如蝶儿,必须点缀在花丛间。如果没有水,荷花,将失去颜色,丢掉风致,就如小巷没有了青青的石板路,粉墙缺乏一两枝桃花的点缀。

水,润泽了荷花,也优美着荷花。

二

"采莲南塘秋，莲花过人头。低头弄莲子，莲子清如水。"听着这样的歌声，如果再划一只小船，进入荷花丛中，那该是何等的享受，又该是怎样的沉醉啊。那时，我们一定会感觉到，自己仿佛就是一个诗人，就站在荷花丛中，看"荷叶罗裙一色裁"的女子，在和女伴浇着水，相互嬉闹着；看"采莲从小惯"的少女，在荷塘中唱着情歌，低头一笑，躲入荷叶之中；看浣衣村姑站在荷塘边，和荷花相映衬，"双影共分红"。我们的心，就悠悠地走远了，走入那个莲叶田田、情歌声声的世界，走入那个荷叶如海、荷花如星的地方。

我们的身边，仿佛就有了哗哗的水声；我们就仿佛坐在船上，船舷旁就是白亮亮的水；女孩们在荷花深处，争渡争渡，惊起了一滩鸥鹭，溅起的是白亮亮的水花。那水花，溅在采莲女的脸上，晶莹水嫩；挂在她们的睫毛上，水钻一样，闪闪发亮；溅在荷叶上，还有荷花上，那就成了一颗颗圆润的珍珠。

可惜，一切都是想象。

可惜，一切都远去了，包括碧翠无边的荷叶，包括洁白干净的荷花，还有采莲女，还有温情的流水，还有那平平仄仄长吟短叹的诗人。

一切，都淹没在滚滚红尘中。

一切，都迷失在浮躁中。

在都市，在商场，忙碌结束的一刹那，我们回望，寻找，失望，长叹：唐诗宋词，已经离我们一步步远去；古人的潇洒风流，已经与我们无缘；南北朝的采莲曲，唐诗宋词里的荷花，也成为昔日的风景。

三

不是烟花三月，是六月，我们坐一条船，孤帆远影，下了江南。有朋友说，去黄桥吧，看荷花。

我们就来了,来到山柔水软的苏州,来到了苏州的黄桥。

黄桥的水很柔,亮汪汪的,如害羞的女孩,总有点欲说还休的娇羞,总有点"犹抱琵琶半遮面"的内敛,总有点眉眼盈盈的多情,总有点低眉回首的纯洁。

这样的水,只适宜静静地看,静静地照影,静静地沉醉,把自己的心沉入水中,化为一株水草,随水飘摇,随着柔波,轻轻地荡漾。

这样的水,只适宜于江南的女孩,吴侬软语,俏俏地荡漾开,荡漾在柔嫩的风中,荡漾在天青色的江南山水中,荡漾在青花瓷一般的黄桥,清脆,瓷白,润泽。

一切,都那么婉约,那么柔美,仿佛一首唐代的绝句、一阕宋代的小令!

可是,在这诗歌里,如果缺少荷花,就会缺少一种难以言说的美,就如西湖,缺少那一段黄梅戏中的传说;就如乐游原上,缺少那一轮苍茫的落日;就如二十四桥,缺少一声悠扬的箫声和一群美丽的女子。

黄桥,缺不得荷花。

这儿是荷的故乡,是荷的国度,是荷招展风情的出处,是荷姿态万千的地方。

黄桥,是荷的 T 台,荷是这儿最美的女子,她风姿绰约,在这儿微笑着,在这儿娇媚着,在这儿"巧笑倩兮,美目盼兮",在这儿"一顾倾人城,再顾倾人国",在这儿低眉敛目着,开怀大笑着。

多少种荷啊,水莲、玉莲,争相比美;粉色、白色、橙色,纷纷登场;单瓣、重瓣、复瓣,姿态各一。哪里的选美,有这样的热烈;哪里的美女,有这样的天姿国色;哪里的女孩,有这样的自然清纯;哪里的女子,有这样的冰清玉洁;哪里的红颜,有这样的外柔内刚?

黄桥荷花,是世间最好的女子,素面朝天,一任自然。

漫步在这儿,眼前,一片片荷叶,组成一个巨大的碧玉盘;一朵朵荷花,如碧玉盘中的珍珠,晶莹剔透,有的才露尖尖角,有的开得如红玉一般,有的"婀娜似仙子,清风送香远",已经大开了。

四

我们去的地方，叫"荷塘月色"，一个让人心驰神往的地方。

在这样的地方，是不好坐船的，会打扰了荷们，会惊扰了她们的兴致，会打破这儿的宁静，会吓着她们的。因为，她们在这儿静静地聊天，在这儿美丽地开放，在这儿对着流水照着影子，甚至，有的正在同伴面前，展示着自己的娇美。

沿着木栈桥，我们慢慢地走着，观赏着。

在一朵荷花面前，我停住了。这是一朵花骨朵儿，含苞待放，躲在一片片荷叶和一朵朵荷花的后面，轻轻地晃动，带着一点微微的腼腆和一种难以言说的心事。

我突然想到一首诗："君家住何处，妾住在横塘。停船暂相问，或恐是同乡。"诗中那个撑船的女孩，大概就如这朵将开未开的荷花一样吧，她的心，大概也如这朵荷花一样，包着娇嫩的花蕊和细细的芳香吧。

我的心中，竟无来由地产生了一丝惆怅。这荷花如果是江南的女子，我，则是骑着马，踏过青石板小巷的游子。

三月早已过了，跫音轻轻响起，向晚的夕阳照在水面上，荡漾出一层金子。

在这儿，我不是归人，也是个过客。我们真得走了，挥挥衣袖，挥别那田田的碧叶，那一尘不染的荷花，也挥别了青花瓷一般的黄桥。

黄桥的黄昏，远远望去，透明润泽，沁着一层水色。

来生，我愿做一枝荷。

来生，我愿做一枝荷，生长在青花瓷一般的黄桥。

第三辑

如果苹果会说话

世界一半一半,好的一半,坏的一半。一般人只能接受好的,排斥坏的,因此成就只能一半;唯有好的能接受,坏的能包容,才能拥有全面的人生。

母亲是世上最高贵的职业

顾晓蕊

一

五岁那年,我患上了百日咳,整日咳喘不止。由于父亲在部队很少回来,母亲带着我四处求医看病,病情不但没有减轻,还花光了家里所有的积蓄。

我的身体本来就虚弱,再加上家里实在太穷了,吃不好,以致连走路都觉得轻飘飘的。母亲想到了去县里的小煤矿拉煤,换些钱给我治病,这是母亲的第一份职业。

那天清晨,鸡叫头遍时,母亲踩着月光出发了。她拉着一辆架子车,沿着崎岖的土路,赶往几十里外的煤矿。到那里时,已近中午,她装上一车煤就往回走。

母亲的腰弯成一张弓,拉着四五百斤重的煤车,走着走着,天就擦黑了。

途中路过一片坟场,母亲停下来,坐在旁边的田垄上歇脚。抬头,见绿油油的萝卜叶下面,露出一截截青萝卜。那时还是集体菜地,母亲犹豫了片刻,还是趁着月色,拔下两棵萝卜塞进煤堆。

回到家后母亲将萝卜切片熬成汤,我细细地嚼着,慢慢地品着,香气溢满嘴巴的每个角落。母亲笑着看我吃,自己却推说不饿,临睡前,我发现她的肩膀被勒出一道道血痕。

我问母亲:"你的肩膀疼吗?心里害怕吗?"她温和地看着我说:"不碍事

的。我以前胆子小，做了母亲，就什么都不怕了。"

母亲拉了一个月的煤，我喝了一个月的萝卜汤，再加上吃药，咳嗽竟然好了。

时至今日，也说不清那顽固性的咳嗽是怎么治好的。我查阅过资料，白萝卜的确有止咳化痰的功效。但我更愿意相信，当年的萝卜汤里有一味最重要的药，叫作母爱。

二

有一年的春天，我跟随母亲来到父亲所在的部队。那是一个偏远的小岛，为了不给忙碌的父亲添麻烦，母亲便到附近的绣花厂上班，挣些钱以补贴家用。

沿着石径蜿蜒而上，便到了位于山腰处的绣花厂。母亲文化程度不高，可学起绣花却很有天分，没学多久就能绣出精美的图案。

母亲白天在厂里忙活一天，晚上还要带回来些绣件，在昏暗的灯下赶制绣品。有时我一觉醒来，看到她还在灯下一针一针地绣着，过度的操劳使她的眼睛经常肿疼。

即便如此，母亲也从不抱怨，她还自己设计图案，绣花织朵装饰房间。富贵吉祥的牡丹花，红艳艳的山茶花……一大朵一大朵的，开在门帘、床单、枕套上，简朴的家变得温馨起来。

母亲的言行，也在无形中影响着我。记得有一次，班上有位女生穿了件粉色的裙子，宛若一朵亭亭玉立的荷花。我心里羡慕不已，故意把自己的衣服剪了个口，跟母亲说是不小心刮破的，想让她给我买件新衣裳。

母亲放下手里的活帮我缝补，在破损处绣上一朵花，这朵花不仅补上了洞，还让整件衣裳都变得灵动起来。当她把衣服递给我时，说："每个人都是一朵独特的花，做自己才是最好的。"我的脸刷地一下红了。

我默默地记着母亲的话，自此不再和别人比较，安心做自己，一颗浮躁

的心渐渐沉静下来。在随后的几年间，我的成绩有了很大提高，最终考上了理想的大学。

后来我喜欢上了写作，用文字滋养心灵，努力去绽放自己，开成一朵花的模样。如果说我的人生因此打开了一扇窗，那要感谢母亲，是她在我的心灵深处种下诗意的种子。

三

父亲从部队转业后，我们全家回到了内地，等一切安置妥当，母亲到一家饼屋上班。她每天天不亮就起床，和面，拌馅，做红豆沙馅饼，然后，挎上篮子到市场上去卖。

"卖饼啦，又甜又香的豆沙饼。"母亲扯开嗓子吆喝起来，清亮的叫卖声回荡在空中。

平时生意还算不错，但遇到风雨天，会有些饼没卖出去。生意好时，她说今天好福气；生意不好，她说这几天有饼吃。不管遇到哪种情况，她都面带微笑，很欢喜的样子。

我拿起母亲带回来的饼，轻轻地咬上一口，香甜软糯，且回味悠长。以致很长一段时间内，我都觉得这萦绕着幸福的味道，就是母爱的味道，是家乡的味道。

母亲还干过油漆工、售货员、仓库保管等，前些年退休后，厨房成了她的"美味工作间"。生性乐观的她不忘幽上一默："干过十余种工作都是临时工，只有母亲是我终身的'职业'。"

这些年来，我遇到过很多不如意，有过低沉，有过迷茫。无意中看到星云大师的话，世界一半一半，好的一半，坏的一半。一般人只能接受好的，排斥坏的，因此成就只能一半；唯有好的能接受，坏的能包容，才能拥有全面的人生。

默读了几遍，恍然想到这看似奥妙高深的禅理，母亲其实早已了然于

心。人生无论苦与乐，她都以平常心对待。不抱怨的人生才是完满，这是从劳动中得来的智慧。

而今，每想到她做事时专注而沉静的神态，我心里便溢满温暖的感动。母亲是世上最无私、最高贵的职业，有她在的地方就是家，使我不管走到哪里，都满怀依依深情。

如果苹果会说话

顾晓蕊

去年初春的一天，我坐车回老家，想到很久没见三姨了，便顺路到她家去看看。栅栏门虚掩着，连喊几声无人应答，我想三姨应该没走远，便到院里等候。

乡间的风，像一只温柔的手，轻轻地拂过我的面颊。然而这和煦的风中，却夹杂着一股难闻的气味。我绕到屋子的后面，一排石头砌成的猪圈，地上堆了不少猪粪，气味便是从这里散发出来的。

"小花，你的日子过得多美，有妈妈陪在你身边。"一个稚嫩的童音响起。

我被吓了一跳，扭头望去，见有个孩子坐在圈栏上，刚好被一棵树挡住了身子。走近一看，一个五六岁灰头土脸的男孩，正对着一头小花猪说话，是表妹的儿子小文。

我问他："你这个孩子，咋还跟猪搭上话了？家人都去哪了？"

他望了我一眼，神情木然，继而又把目光移开，接着说自个的话儿。我讪讪地站着，不知说些什么好。这时，想起他自小喜欢吃苹果，赶紧从包里掏出一个来。

"小文你看，又大又红的苹果，可香可好吃了呢。"我晃着手里的苹果说，"快过来，姨给你带了很多苹果。"他的眼睛亮了一下，乖巧地从猪圈上跳下来，跟着我来到前院。

他坐在小木凳上，抱着苹果使劲嗅了嗅，一边吃一边没头没脑地问："喂，小苹果，你有好朋友吗？"我"扑哧"一声笑了，觉得这孩子性格有点怪。

刚巧三姨从外面回来，手里还拎着个包裹。见到我，她笑盈盈地说："我

刚才去邮局了，你表妹两口在广州打工，很少回来看孩子，这不孩子生日，给他寄了份生日礼物。"

三姨把包裹递给小文，转身进屋倒水去了，等她从屋里出来，发现礼物躺在地上。三姨显然很生气，大声地说："你爸妈大老远寄的东西，你就这么给扔了，我整天忙里忙外够累了，你咋这么不懂事呢？"

他委屈地哭了起来，大颗的泪珠滚落下来，泪水滴到苹果上，像极了一个哭泣的苹果。

我连忙走过去想劝劝他，他干脆躺到了地上，打着滚大哭起来。他的小脸脏脏的，被泪水弄花了，吃了一半的苹果滚到一边。"你不要理他，他脾气很犟，哭累自个儿会停。"三姨仍旧有些愤愤。

稍坐一会儿便离开了，我不敢回头看他，那一抹无望的忧伤，深深地触疼了我的心。又过了几个月，接到表妹的电话，她着急地说："小文得了很重的病，我们正赶往你那边，请个专家给他看看。"

原来有一天早上起床时，小文突然流起了鼻血，怎么也止不住。三姨赶紧送他到县里的医院，诊查结果白细胞几乎为零，医生下达了病危通知书。表妹和妹夫乘着飞机赶回来，马上跟我取得联系，给孩子转到市医院救治。

当他们赶到时，很少出远门的三姨晕车了，呕吐不止，面色苍白。"姥姥，我看来是活不成了，你怎么也病成这样。"小文劝道，"先别管我了，让医生给你看病吧。"这充满稚气的话，让一家人又难过又好笑。

经过专家会诊治疗，小文的病情得到了控制。原来是猪圈周围经常喷洒农药，他的病便是农药中毒所致。住院半个月后，小文的身体基本康复。

前些日子，我又到三姨家串门儿。小院内干净整洁，金灿灿的阳光，洒落一地。表妹削了一个苹果递给小文，他接过来大口地吃着，看见我来咧嘴一笑，露出贝壳般好看的牙齿。

"表姐来了，快坐吧。"表妹热情地说，"我现在在街口一家小超市上班，孩子他爸在附近的食品厂打工，家里的猪也都卖了，让老人稍微轻闲些。现在收入虽然少了些，但一家人在一起挺好的。"

小文捧着个苹果，呷摸着小嘴，吃得津津有味。我笑着问他："小文，如果苹果会说话，你猜它会对你说什么?"

他歪着头想了一下："吃完了，记得把果核埋在土里，它会发芽开花，并结一树苹果呢。那时，小文可以和爸爸妈妈一起，坐在苹果树下吃饭、聊天。"我被他的话逗乐了，说："这是个好主意。"

他一脸幸福地笑了，眉眼之间，尽是阳光明媚。那一瞬间，我的心变得温暖而湿润。对所有的孩子来说，拥有一个花开的童年，应该是父母给予的最好的礼物。

逆光

张 莹

肿瘤病房。

楼道里的病床也是一张挨一张，人，满满的。

即便如此，中午时候，也是异常安静，每个人都静悄悄地休息着。只有挂在输液架上的药瓶，嘀嘀嗒嗒着，红的黄的白的药液，缓缓地流进每一个病人的身体。

我和妹妹在医院照顾生病的母亲，趁她睡着，我轻轻起来，去水房打水。刚出病房门，一束刺眼的明亮的光一下子晃到了我的眼睛。我不由自主扭头看去，光来自楼道的窗户边。一张木头床上，坐了一个年轻女子，拿着小镜子，正对着透过玻璃的一缕阳光照着，阳光反射过来，恰好落在她那张俊俏的脸上。

她眯着眼，微微仰着头，很享受的样子。她的头，因为化疗，已经没有了黑发，裸露着白白的头皮。看着她，我心里忽然一酸。

她似乎感觉到了我的注视，放下镜子看我，冲我点点头，一脸的歉意。我笑着，摆摆手，冲她竖起一个大拇指。

打水回来，发现她在对着阳光调节镜子的角度，试图让阳光多一点，再多一点。阴暗的楼道，似乎也因此明亮了一些。我轻轻来到她身边。

"哦，坐吧！"发现我的到来，她笑着向里边靠了靠。然后，我们悄声聊了起来。

她说，这已经是她第四次来化疗了，反应很厉害，每天都像是死了一遭似的。都说来这里的人，已经是生命有限的人了，但既然还能看到阳光，生

命就依然可以继续。

我听她说着,看着她苍白却美丽的脸,能想象得出,当她拥有一头黑发的时候,该是怎样一个漂亮的女子。

她接着说:"刚知道得病的时候,真是觉得天要塌了,痛苦的治疗,残缺的乳房,让我直接想到了死,活着有什么意思啊?在病房里待久了,都忘了阳光的模样。"

说到这里,她笑了,我也笑了,想安慰她。

她说:"没事的,后来,我想开了,活一天,咱就快乐一天。等化疗完了,咱一样可以去工作呀。看不到阳光,就这么看啊!"

她冲我晃了晃手里的小镜子,调皮地笑了,像个可爱的孩子。

"虽然是逆光,虽然刺眼,但依然是光明啊。"她问我,"这样说,对不对啊?"

我一个劲点头,觉得所有的开导都显得苍白无力。

看着她,我想到了一个关于牧牛的故事:冬天的时候,常常会有突然而至的暴风雪造成牛的死亡。当暴风雪来临的时候,温度会迅速降低到零摄氏度以下,牛通常会背对风暴,躲到背风的地方,挤在一起,这样总是会有一部分死亡的。但是,有一种赫里福牛,它们会低下头来,并肩迎战暴风雪,这样,反而几乎都会生存下来。

这样的正视,这样的勇气,这样的淡定,这样的无所畏惧,难道不令人叹服吗?

不记得在哪里看过,说出海的人如果遇到风浪,是绝对不能后退的。如果去寻找掩护的物体,会因为海浪巨大的冲击力而遭到不测。这时候,要把船头稳稳地对准浪头,只有这样,才有生还的可能。

如此看来,生命的艰难,是无处不在啊,当困境来袭,大可不必逃脱,有时也根本无法逃离,那么,就勇敢向前吧,在你勇往直前的坚定目光里,你总能看到,那困难,会越来越弱,渐渐呈现出来的,是生命本来的光辉。

就像我的母亲,始终和父亲分居两地,一个人照顾老人、抚养孩子,经历

了那么多的艰难困苦。晚年，终于可以享享清福了，却又经历了两次手术。但她老人家很坦然，依然给我们做点小零食，缝个小玩具。她总是笑着说，我要好好活着，要在你们进门叫"妈"的时候，听到我的"唉"，好让你们踏实啊！

也许，妈妈根本不知道什么是迎难而上，她只是个一直喜欢抬头看太阳的老人。也恰恰如此，她才把她那灿烂的笑容，对生活美好的追求，传递给了我们。

此刻，眼前这个找阳光的女子，也正开心地笑着。她说："姐姐，放心吧，我才二十六岁，青春还没过完呢，就这么走了，我才不甘心呢，我要好好活着，哪怕就像这逆光，拐个弯，也亮堂堂的，能照亮前面！"

真的是呢，在逆光的日子里，只要调整一下角度，一样可以将阴霾丢掉，迎面而来的，就是那怡人的明媚、生命的美好。

一生情愿，永不分"梨"

海清涓

一

七月的一天，雨过天晴，艳阳普照，一年一度的采果节在黄瓜山开幕。

飘扬的彩旗，喧天的锣鼓，丰富的节目，吸引了许多游人的视线。梨王（最大的梨子）、梨后（最美的梨子），水灵灵鲜活活的，分外招人喜爱，在游人的尖叫中，身价涨到了四位数。毫不夸张地说，梨王、梨后是以一抵千。

汤林峰把车停靠在中华梨村大门一百米外，潇洒地走下车，挤进黑压压的人群，睁大眼睛四处张望。但是，汤林峰没有发现陆小金。

采果节仪式结束后，汤林峰把车驶进了中华梨村的大门。茂密的梨树叶在枝条上微微地摆动着，梨子们调皮地探出头来向游人致敬。水灵灵的梨子，又大又圆，压弯了枝头，喜煞了游人，乐坏了果农。

在梨树认养区附近，汤林峰停下了车，打开车门，只见汤林峰和陆小金的名字赫然挂在十棵梨子树中间。梨树上一个个黄澄澄的大梨子，随风发出阵阵诱人的香味，让人情不自禁想伸手去摘。汤林峰四下看看，人群中还是没有陆小金，汤林峰的脸上有了明显的不悦。旁边的果农认出了汤林峰，笑嘻嘻地将一个大袋子送到他手里。

12点12分到了，盛况空前的相亲活动都结束了，汤林峰已经摘满了一袋梨子，陆小金俏丽的身影还没有在黄瓜山出现。汤林峰打陆小金的手机，手机居然没有开机。学校早放假了，陆小金到哪里去了，她为什么失约，还

把手机给关了？陆小金一直是个诚信守约的人，今天她是怎么了？汤林峰在梨树认养区徘徊良久，百思不得其解。

一批又一批的游人，拎着采摘的或者买来的梨子，心满意足地离开了黄瓜山。夜色一点一点地深沉起来，月亮也羞答答地溜了出来。汤林峰没有开车离开，他要在黄瓜山上住下来，也要一直等到陆小金来见他为止。

二

黄瓜山的夜晚有些别致，四周笼罩着幽深与美好的宁静。看着从窗口透进来的朦胧月光，汤林峰抽着烟，陷入了回忆。

几个月前的梨花节，爱好摄影的汤林峰跟一群朋友到黄瓜山采风。

黄瓜山的梨花对汤林峰来说，简直就是一个奇景，漫山遍野，到处盛开着朵朵片片丛丛簇簇的梨花。纵横百里的梨花，一眼望不到边，雪一样白，冰一样纯，要多美有多美。透明、精致、端庄、恬静的梨花，仿佛是天上的仙女用白丝线织出来的。汤林峰在刹那间迷眩了，他不禁想，这些梨花真是属于人间的吗？

陆小金是从白茫茫的梨花丛中跑出来的。当时汤林峰正在跟人争吵，数码相机被一个游客撞坏了电源，汤林峰十分愤怒，他吵着要游客赔钱。陆小金上前给了汤林峰不轻不重的一拳，微笑着说："汤林峰，电源撞坏了多小的事情，男子汉不要这么小气嘛，大家都是出来看梨花的。"

"陆小金？陆小金！想不到会在黄瓜山遇到你，我真是太高兴了。"汤林峰转怒为喜，不顾众人的惊异，拉起陆小金的手向梨花深处冲去。

陆小金和汤林峰是大学同学，也是一对恋人，因为毕业时选择去留的意见不同，两人闹起了矛盾。大学毕业后，陆小金不辞而别，整整三年，两人都没有联系过。

"小金，这三年，我到处找你，你在什么地方？你在干什么？"坐在梨树认养区的小径上，沐浴在时断时续的梨花瓣雨中，汤林峰盯着陆小金红扑扑的脸问。

陆小金低下头，嗅了嗅梨花说："我先在重庆杨家坪一家房地产公司上班，后来到重庆一个偏僻的乡村支教。"

"小金，你交男朋友没有？"

"没有，你呢？"

"我也没有交女朋友。我忘不了你，为了找你，我离开北京，跑来重庆发展了。小金，跟我回重庆，我们重新开始。"汤林峰用嘴吹掉陆小金发梢上的梨花瓣。梨花瓣像白蝴蝶的翅膀，一片一片，慢慢跌落在冰冷潮湿的草地上。

陆小金心疼地捡起梨花瓣，放在手心里："林峰，我也忘不了你。只是，现在我不能跟你去重庆，我的支教工作还有五个月才结束。"

这时，一群游人说笑着过来认养梨树。汤林峰和陆小金站起来，手挽手，沿着公路向前走。公路两边的梨花，见多识广，胆子似乎也变大了，不时轻拂他们的脸。缕缕清风伴着梨香，一直香到了两个人的心田里。

在农家乐吃了老腊肉、活水豆花，喝了正宗的梨子酒，到白岩槽、象鼻嘴、踏蹄沟、虎头山留了影，汤林峰和陆小金返回梨树认养区认养了十棵梨树。

汤林峰和陆小金在黄瓜山待了很多天，白天看梨花，晚上看星星。一直到梨花落尽，两个人才恋恋不舍地离开黄瓜山。

在永川高速路出口处，陆小金眼里含着泪水说："一生情缘，永不分离。林峰，采果节那天我在黄瓜山等你。"

"不，应该是一生情缘，永不分'梨'。我们在黄瓜山摘了认养的梨子，然后到重庆结婚，小金，我要让你成为世上最美丽最幸福的新娘。"汤林峰摇了摇头，又点了点头，满腔的情意全都写在了脸上。

三

汤林峰每天开着车在黄瓜山上来回转悠，希望能碰到陆小金。

第五天下午,汤林峰终于看到陆小金从中华梨村的入口处向他走来。

"小金,你怎么现在才来,我好害怕,我怕你又像三年前一样不声不响地离开我。"汤林峰走下车,激动地伸出手,想拥抱陆小金。

来人冷冷地推开他,面无表情地说:"你认错人了,我叫陆小青,是陆小金的双胞胎姐姐。我今天来,只是帮小金传一句话,她新交了个富二代男朋友,请你以后不要找她了。"

陆小青的话像一包烈性炸药,炸中了汤林峰的五脏六腑。汤林峰只觉得眼前一黑,便倒在地上什么也不知道了。

汤林峰醒来的时候,发现自己正躺在一间农家乐的小屋里,屋子里面静悄悄的,一个人也没有。汤林峰轻手轻脚地溜下床,透过窗缝,他看到陆小青正在门外跟一个年轻人说话。汤林峰侧耳细听,知道了陆小金失约的真正原因。

由于连下大雨,山洪泛滥,造成山体滑坡。为了保护学生的安全,陆小金主动提出每天护送几个离家远的学生回家。二十多天前,陆小金在护送学生回家的路上,为救一名掉下山腰的女学生,失足掉下山崖。学生得救平安无事,陆小金的眼睛却被树枝伤到了,什么也看不见了。

陆小金现在在重庆永川一家医院疗伤,她不想连累汤林峰,她不敢赴黄瓜山之约,她认为只要汤林峰见不到她,难过失望一阵就会离开。当陆小金听从黄瓜山回来的朋友说,汤林峰一直在黄瓜山上等她时,于心不忍,便让姐姐陆小青出面,说自己交了有钱的男朋友,让汤林峰怨恨她忘记她。

"我要见小金,不管她的眼睛看不看得见,我都一样爱她。"听到这里,汤林峰忍不住推开了房门。

"你不要去,小金这一辈子都看不见你了。"陆小青愣了一下,放声哭了起来。

"一生情缘,永不分离。姐姐,求求你,我一定要去见小金。"汤林峰扑通一声跪在地上。

四

汤林峰拎着和陆小金一起认养的梨树上摘下的两筐梨子,跟陆小青去永川城里看陆小金。

在医院的病床上,汤林峰不顾一切地一把抱住陆小金:"小金,你受苦了,你受了这么严重的伤,你怎么不告诉我?"

陆小金挣扎了一会儿,静静地伏在汤林峰怀里,默默地流着眼泪,说:"医生说,我的眼角膜被树枝刮破了,什么也看不见了,林峰,我不能拖累你。"

汤林峰捧起陆小金消瘦苍白的脸,轻吻她的眼睛。"小金,我俩是一个整体,你的眼睛看不见了,我就是你的眼睛。"

陆小金没有说话,小声地抽泣着。

"小金,你的眼睛还有复明的希望,过一阵,我带你到北京去做眼角膜移植手术。"

"我知道,但是,移植眼角膜,要好几万,我家里……"

汤林峰打断了陆小金的话:"钱的事情,你不用担心,让我来想办法。"

"移植了眼角膜,我的眼睛就能看见东西了?"

"嗯,相信我。黄瓜山的梨花那么白,梨子那么甜,小金,等你的眼睛复明后,每年赏花节我们都去黄瓜山看梨花,每年采果节我们都去黄瓜山摘梨子。"汤林峰松开陆小金,削了一个大梨子,放到陆小金嘴边。

一生情缘,永不分"梨"。陆小金轻轻咬了一小口梨肉,顿时觉得满嘴脆生生、甜丝丝的。

门前的槐树

侯秀红

在我们乡下，家家户户都喜欢在自家门前栽上一棵槐树，大概是取其"槐"和"财"的谐音吧。门前的槐树向来被家乡的人们看作是一种吉祥、一种希望和一种期待。简陋的门楼与翁郁的槐树互相扶持，互相映衬，结为一体。据说这样可以弥补一些风水上的缺陷，保住气韵。家庭的气韵不流泄，财源便会滚滚而来。类似的做法好像不少地方都有，也算是人和自然较劲的一种方式吧。

那大多都是一些笨槐，教科书里称之为"国槐"，它们相对于浑身长满荆针的刺槐来说，要显得敦厚温和得多。尤其是对那些善于攀缘的"猴孩子们"来说，至少不会在他们水嫩嫩的小肚皮上，留下一道道好多天都消除不了的划痕。

在我童年的记忆里，村庄的风景，从很大程度上说亦即槐树的风景。一棵棵老槐树如同一幅幅丰盈润泽的水墨，总是在遥远的岁月里牵惹、摇曳和苏醒。它们的神情，它们的风度，它们淡定的心境和平和的动作，不停地在风中歌唱，在雨中吟咏。

我家门前的槐树，是和祖父密切相关的。同任何一个家庭的主事者一样，祖父栽树的时候，很虔诚也很庄重。他用一把长柄的铁锨，先是挖了一个很深的坑，又在坑四周耐心地铲来铲去，直到大小让自己满意为止。他在一个阳光金灿灿的黄昏，小心翼翼地把从苗圃里精心挑选来的槐树苗放进了水润润的树坑里，里面填上用草木灰混合而成的土杂肥，让人感觉厚实松软，温润舒适。从此，门前的槐树就成了我家的一个标志，成了祖父的牵挂和惦念。

祖父常常衔着他的旱烟袋，端坐在槐树的阴凉里，笑眯眯的。这时候，放学回家的我们便会围到祖父身边，叽叽喳喳，像一群归林的小鸟。祖父就给我们讲"白娘子和许仙"，讲"董永和七仙女"，讲"崔莺莺和张生"。

其实，祖父并不识字。这些故事都是他从民间的戏台上和露天电影的银幕上得来的。想想祖母走得太早，连父亲都早已记不清她的容颜。祖父为农、为商，孤苦伶仃，一个人的夜晚显得过于漫长。在那样物质和文化生活都极端缺乏的时代，他对戏曲和电影的喜好达到了超乎寻常的程度。为了看一场戏或者一场电影，他一个晚上翻山越岭，往返十几里地简直是平常事。祖父像一只辛勤耕耘的蜜蜂一样，不辞劳苦地采摘着他的精神食粮，填充着他贫乏的生活，也丰富着我们童年的岁月，门前的槐树便是见证。

门前的槐树积聚所有的力量成长，探头探脑的枝条在祖父的呵护下，撑开一片片圆圆的叶子，欢愉、轻松、默契。祖父讲的让人沉醉的故事和着孩子们粗粗野野的歌喉，在它周围风一样地跳跃。

一个春天，又一个春天。门前的槐树，已经呈现出高高大大、趔趔得势的样子。一群叫不出名字的鸟儿，衔起枯草秸，不厌其烦地运送到槐树的枝杈上。这样，三四个鸟窝就像花儿一样盛开在硕大的树冠蔓延的绿色里。一双双稚嫩的翅膀，眷恋着槐树虬姿如龙的怀抱，把树梢当成一生的故乡。

五月是麦子黄的季节，也正是采摘槐米的好时候。这期间任凭孩子们在树上怎样折腾，都是既合理又合法的。除非是谁粗心大意撼动了鸟窝，祖父才会扯着嗓子提醒几句。

和刺槐花的食用价值不同，槐米具有凉血止血、清肝泻火、降血脂、降血压、醒酒、提高免疫力等功效，是上好的中药材和保健品。祖父用小火在药锅内炒制好一小部分，调上蜂蜜后放在瓶瓶罐罐里收藏起来，掺在茶叶里沏水喝。其余绝大部分槐米被晒干后，是要送到供销社里换成钱贴补家用的。祖父说每年我家卖槐米的收入，可抵得上两个"鸡屁股"。我对于"鸡屁股"的概念虽然还不是十分清晰，但却感受到了门前的槐树给我家带来的实实

在在的欣喜。

　　如果不是后来新上任的村主任一心打造"村镇规划"的精品工程，如果不是村委会带有强制色彩的"整体划一"行动，说不定我家门前的槐树至今仍会枝繁叶茂地生活在我们的视野里。槐荫纳凉，槐茶飘香，鸟音缭绕，其乐融融。

　　那年已经是包产到户了，那年庄户人家的日子已经有了明显的好转，那年村里的老槐树底下分明已经零零星星地散布着几台黑白电视在热热闹闹地播放。祖父羡慕得不行，他总是憧憬着自己能够拥有一台电视机的场景。门前的槐树，圈里的猪，田里的收成，都成了构造这一场景的元素。

　　然而事与愿违。那是一个深秋，在我们的注视下，门前的槐树一天天地发黄，一天天地飘零，一天天地衰老。村里的高音喇叭喧嚣着，烘托着它的无奈和悲伤。祖父蹲在树杈上，用了整整两天的时间，锯断了槐树横斜的虬枝和它那春天的花、夏季的叶，以及它承载的某种精神的船，最后只剩下光秃秃的躯干躺在那里，无助而无望。

　　祖父在这一年的冬天也迅速地衰老了，他的双腿不再矫健，他的腰身也不再挺拔，他和门前的槐树一样被一点一点地消磨殆尽了。

　　其实现在想想，祖父是大可不必如此伤心的，毕竟更新换代是历史发展的必然趋势，对于门前的槐树亦是如此。

　　若干年后当我们家搬进两层小楼的时候，父亲又特意种上了棵槐树。透过青翠斑驳的树影，我仿佛看到祖父正喜滋滋地端坐在老槐树下摇扇、品茶、唱戏、讲故事、收看电视节目。

　　那是一幅多么幸福的画面啊。

浓情稻花香

阿 土

我喜欢喝酒,并不是汪曾祺老先生所说的"宁舍命,不舍酒"那类。我喝过很多种酒,能让我记住的却不多。当然并非那些酒不好,我对酒没有太多的挑剔,向来是适者多喝,不适者一两口即可。

我的家里少有藏酒,凡酒我都会拿出来和朋友一起共享。唯有书橱里的两瓶"稻花香"一直没有动过,不是我舍不得给朋友们喝,而是那两瓶酒对我有着特殊的意义,像送我那两瓶酒的朋友。

我的酒友并不多,因为从事文学的缘故,朋友几乎都不是能喝的类型。在为数不多的酒友中我最不能忘的是诗人阿辉。当然这和阿辉是我的同乡有关,更和阿辉具有诗人的率性、执着,和不可多得的诗人品质有关。俗话说诗酒不分家,阿辉就是诗和酒分不开的人,他常常一边喝酒,一边能从嘴里蹦出无数美妙的诗句。

我从没想过阿辉会突然离开这个城市,更想不到他会因为一种酒的名字而毅然决然地选择了那个城市。之前,阿辉是本地电力公司里有名的"一支笔"。对于阿辉的离开,我曾感到可惜,也曾为他的不得志而心生不平。

阿辉离开的那年,本地正盛行着喝一种名叫"稻花香"的酒。我常常对自己居住的小城不解,这个城市似乎永远没有一个属于自己的特定性格。它总是一阵风地流行着某种事物,而后又一阵风地放弃它们。比如喝酒,前一阵的"泥池"刚过去,就迎来了"佳洋",而后又开始了"稻花香"。阿辉就是在喝了"稻花香"后决定离开这个城市的。那段时间,阿辉和我不止一次地喝着那种叫"稻花香"的酒,每次他都会指着那种贴着绿色商标的酒瓶说:

"瞧，多美的名字，多有诗意的酒呀。'稻花香'，稻花香处不就是我们的故乡吗?"阿辉说这些话的时候，脸上总会出现一种对故乡充满怀念的神情。他的情绪也常常将我感染，于是我们会想起自己飘满稻花香味的故乡，想起家乡的亲人。

最后一株水稻轰然倒下

犹如骨头的断裂

农忙的尾处，困意袭上的伯父

在谷堆满仓的日子，闭上双目

单薄的身体，一阵风都可以吹走

但是，我知道风吹过后

伯父仍会留在田野上

对于土地，就像水稻和乡亲

融为一体的不仅仅是肉体，更是灵魂

秋风从稻田的上空飞过

伯父的身体正在融进泥土

看着伯父的微笑，我们不忍哭

只有仰起头颅，不让泪水溢出

突然，我们看到远处的山冈上

有人独立

手捧稻谷像捧着自己的婴儿

那人的模样，是昔日伯父的模样

在写下了这首叫《水稻》的诗后不久，阿辉就离开了，他就是这样一个人，个性开朗，聪敏智慧，却率直不羁，只要认准了的事，无论如何都要做下去。这一点我做不到，几年后我在不得已的情况下只好选择了辞去职务。阿辉走的那年刚好三十岁，三十岁的阿辉还没有找到心中的另一半。阿辉曾说过他对另一半的要求并不高，不要女孩长得多么漂亮，只要有点诗意就行。我笑过他，说在现代的社会，想要女孩有点诗意就像要他自己做领导一

样,是一种奢望。大凡知道阿辉的人都曾说过,阿辉可以做诗人,做朋友,却永远不会做领导。我不知人们对领导是如何定义的,但是他们的话没有错,做了多年兼职秘书的阿辉,临走前依旧是兼职秘书。

也许,人在生活中总是需要不停地做出选择。在选择中沿着既定的方向,保持着心中最初的理想。阿辉走了,临走前阿辉对我说,他要去寻找他心灵中的"稻花香",他相信他会在"稻花香"的故乡找到他的爱人。

一晃几年,阿辉再没有和我联系,我也因为生活的缘故经年奔走在外。两年前的秋天,我回到了小城,阿辉突然从遥远的三峡给我寄来了信。阿辉说他到三峡时,正是三峡建设进入高潮的时候,因此他一直没有和我联系。阿辉没有过多的解释,那也是他让我喜欢的个性。看到他没有变,我很欣慰。阿辉说他初到三峡时也曾思念故乡、朋友,那段日子他就常常和同乡的工友聚在一起喝酒,喝那儿产的"稻花香"。他说他越来越喜欢那种酒了,他喜欢那种让他感到温暖的酒,他能从那醇香绵软的酒里感到散发着的浓浓稻香,看到家乡。

最后阿辉说,他在工地上认识了一个湖北的女孩,她不仅能喝酒,有诗情,还很喜欢他。他们已经决定过几日一起回来探亲,他们还给我准备了两瓶上好的"稻花香"。信的末尾,我看到了那个女孩随附的名字——稻花。

"稻花",一个充满温暖、诗意的名字。我由衷地为阿辉感到高兴,开始期盼着他们的到来。

最终,阿辉没有回来,一个月后,一位从三峡回来的老乡给我捎来了两瓶"稻花香"。老乡说,阿辉再也不能回来了,他探亲假原已批下来了,但是他不愿让自己负责的事留下尾巴,在连续工作了20多个小时后,他又参加了后期工程的检修,终因太过疲惫不小心从脚手架上摔了下来。

老乡还告诉我,那两瓶"稻花香"是一个叫稻花的女孩交给他的。老乡走后我就把那两瓶"稻花香"摆在了书橱里,舍不得喝,只是看到它们,就想到阿辉。而每到那时,我都好似嗅到一股醇醇的香味,眼中也会有泪水涌出。我不知道我是因为酒香陶醉,还是因为稻花的香味沉迷。

在路上

何红雨

有一周，我基本都是在路上的。离开古城，前往一个个美丽的地方。每天的每天，都是在路上。看美丽的景致，赏不一样的风光。或者青山，或者绿水，或者怪石，当然，还有那些不一样的风土人情。

其实，在路上，是一种难得的享受，是更多的美好和更多的绚丽。也许可能会遭遇更多的困苦或磨难，也许会有着你不曾想到的事情发生，或者还很糟糕，但是，更多的却是美丽。

不是吗？

或许，路途漫漫，要一直走下去，要一直一直地走下去，才能看到你一直想要看到的美丽景色；或许，在你一直走的时候，会路遇坎坷，更会有意外阻止了你想要看到的美丽。但，不要放弃，一定要坚持，坚持走下去。

山路蜿蜒，不时拐弯，急转又是急转。在你一直走的时候，总有惊险，一个接着一个。或许，眼前已经不能够看清一切，因为有雨，有雾，还非常险峻，一处处的山石突兀林立，阻碍了你的视线。可是，车子还是得要前行呀，你还是得一直走下去呀。山下，是不敢看的，看下去，会脑袋发晕，会使你瞬间便丧失了继续走下去的信心。你得一直看着前方，看着那些高而遥远的山峰，其实，它们似乎已在眼前。虽然雾气弥漫，视线不好，可是，你还是要走下去，一直一直地走下去。

终于，在无数次惊心动魄之后，你终于抵达了目的地。

呀，的确很美。山是那么清秀，水是那么碧绿，潺潺或哗哗，似在弹奏一曲曲美妙的乐章。食物也尽是美味，最绿色最纯粹的食物，吃得你并不想起

身,还想要一直待下去,不仅仅是此处的食物非常诱人,更有不同于往日的许多美丽,使你流连,不舍得离去。

那个地方的人民,亦是十分善良纯朴的。只是短短的一次遇见,却可能留给你永远的记忆。你不肯忘却她们。你不能忘却她们。即使,即使多年之后的许多时候,你依然会想起她们,想起她们恬静淡然又温暖的笑颜,以及她们曾经传递给你的善良与纯朴。

那碗十分爽口的农家饭呀,也可能会使你在此后的漫长人生中,时常想起并回味。当然,那个时候,你也会想起那些对你微笑的面孔,那一张张绽放如花朵般的笑颜,将永远,如朵朵娇艳馨香的花儿般,盛放于你的心间。

山涧中有清甜甘洌的泉水。那泉水,被你们以双手掬起,然后,送入口中,顿时,便神清气爽起来。似乎,那刻,你的感觉会赛过神仙。

或许有蛇。是的,或者真的是有蟒蛇的。可得小心呀!

…………

岁月的蹉跎,光阴的流逝,让这片美丽的山林长满绿苔。那些绿苔,浓浓郁郁,随处可见。山石上,地面上,甚至每一棵树的树干上,都潮湿而苍茫,在你看过去的时候,更有非常遥远的意味,袅绕而来。

不是非常喜欢这些吗?久远的,潮湿的,苍绿的,甚至,会苍绿到老。一直一直地苍绿下去。

那刻,会忽然悲伤地想,是不是,这样的一片片苍茫的绿呀,也会如人一样,常常要没有尽头地走下去,在路上,一直一直地走下去?

可不是吗?许多时候,我们都是在不停地走,不知疲倦,没有尽头。

或者,我们也那么渴望停留。想要很快就走到自己梦想中的风景区。有非常美好的景致,可以永远地停留,不再那么艰难地行走。是的,不再走了,就是这儿了。就这样歇息下去,很满足了。非常陶醉地住下来,永远地驻扎下来,不再走,真的,真的不再走了。

可是,更多的时候,我们是找不到这样一处地方的。

找到可以一直让你停下来,不再走,很满足,亦很幸福很快乐地停留下

来，不再，永永远远地不再走，这样的地方很难找到。

在路上的感觉，也是美妙的。

虽然，停留在某一处，看最唯美的风景，是我们最想要得到的结果。但是，既然，现实并不允许我们一直停留，一直静心地欣赏这片美色。那么，一直走，在路上，也是一种特别的美好了。

只能如此。

倘若，你真的在路上，一直都在路上，那么，不妨学会欣赏不同的美景，学会享受不同路段的景致，让自己的眼前一直都充满不一样的美好。而不是厌倦，或者消极的抱怨。

在路上，也许会很疲累，但，确实能够看到更多不尽相同的美丽景致。只要你愿意，就一定能看到。

在路上，我微笑着——始终。

父若安好，便是晴天

杨　晔

尽管我不愿意接受，但是父亲还是老了。毕竟父亲已近七十岁。

我还清晰地记得前几年父亲在河边轻盈舞剑的身影，在小区里双杠上轻松上下的身姿，还有去年在广场上抖空竹，无论是抬腿，还是转身，都很灵巧的背影。我一直以为父亲很年轻，尽管我看见父亲曾经浓密的黑发已渐稀疏。

可是有一天我还是无法接受地意识到父亲已不如当年意气风发。父亲稀疏的头发尽是银丝，笔直的腰板似乎也有些弯了。最主要的是父亲看电视的时候声音总是很大，起初我还不高兴，因为太吵，有一天我猛然意识到或许是父亲的听力也不如从前。

最近父亲总说身体不舒服，若是以前我会以为由于母亲在异地照顾弟弟的孩子，父亲希望母亲回来陪他而找的借口。恰恰因为我感觉到父亲身体不如从前，我忽然很担心，四处打听，求医问药。因为我积极为父亲的身体不舒服奔波，父亲很高兴，状态明显好转。说实话，我也不知道是药的作用，还是我的关心的温暖，反正父亲又如从前硬朗。

但是父亲老了是不争的事实。因为父亲是一个人在家，所以我经常给他打电话，问问他在干什么。父亲很愿意和我说话，如果知道我工作不是很忙，他就和我说很多，什么不要太累之类的。而且我现在不再拒绝父亲到我家里送这个送那个了。

以前我很纳闷，父亲总是没事打电话，问我需要什么菜，我说市场什么都有，不用送。父亲又打电话问我是否需要牛奶。我说小区门口有，我自己

买。父亲又打电话说自己蒸了馒头，问我吃不吃。要不就告诉我他自己做的咸菜很好吃，问我要不要尝尝。

终于有一天我忍不住了，我说什么都能买到，送什么呀。父亲沉默了许久，最后激动地说，你总也不到我这里来，我就想去你那看看你不行吗？我顿时语塞。从那以后无论父亲提出送什么，我都满口答应。这不，前几天父亲提出要给我送来一只苍蝇拍，我说冬天要它干什么。父亲很严肃地说由于我家暖气好，他发现了一只苍蝇。我知道父亲最不能容忍室内有苍蝇。我马上说，那太需要苍蝇拍了，父亲笑了说，你看我说的没错吧。

到家时，我发现了一只苍蝇拍，那只曾经被我戏称空中宠物的苍蝇也不见了。我认真地把苍蝇拍挂了起来。我渐渐已经习惯了父亲送东西。我回家时，不是发现冰箱里多了一袋牛奶，就是发现厨房里多了个刷锅的刷子。有时临上班时，家里一团乱。可晚上回来时，所有物品都归位，就连地面也擦得能当镜子照。我就知道父亲来过了。

是的，即使我不在家，父亲在我坐过的沙发上坐会，在我用餐的餐桌旁待会，他也就会感觉他的女儿在身边一样。父亲弯腰把弄脏的地面擦得干干净净，他想到的是他多干一些，劳累了一天的他的女儿到家就能少干些，就能多歇会。

其实我曾经以为父亲喜欢妹妹，并不喜欢我，因为我少年时很叛逆。我甚至当面说过此事，母亲几乎落泪，父亲叹气不止。外婆则告诉我，我几个月时，父亲不知怎样疼爱，总喜欢用嘴叼住我的衣服，把我的身子悬空，然后在床上轻轻地爬来爬去。

现在我总是回味从前的点点滴滴，父亲怎么会不喜欢我？这深厚的父爱亦如深深的潭水，只是因为太深，所以表面不会轻易漾起涟漪。

我清晰记得父亲年轻时清秀俊朗，很是精神。我小时候父亲经常出差，回来时就给我们带回来很多当时本地买不到的东西。我清晰记得父亲从南方回来，买了一个电子琴，妈妈追问价格，父亲说，很便宜。就是这个电子琴给我们姐弟三人带来了无穷的乐趣，即使乱弹一气，父亲也笑眯眯地看着我们。父亲还曾经给我们带回来一整盒的大大泡泡糖,至少有一百块。父亲对母亲说是朋友送的。我的天,我们平日只能买一两块。面对这么多泡泡糖,我们乐不可支。一次嚼两三块,最多一次我同时嚼五块,在嘴里都翻不动。我们比谁吹的泡泡大,我吹的泡泡比脸还大,弟弟用手指一碰,破了的泡泡糖,黏在额头、鼻尖上。于是我就伺机碰坏他的泡泡,然后我们就会笑作一团。现在想起来,所谓的便宜,甚至朋友送的,或许都不是真的,因为父亲不想让母亲责怪他乱花钱。但是父亲看到我们开心的样子,他一定觉得花多少钱都值得。

无论时光怎样流转,岁月如何流逝,父母永远都是我们的依靠,有父母我们就有家,有父母我们永远都是孩子。即使父母背驼眼花,他们也想为我们撑起一片天。普天下父母若安好,便是所有子女的晴天。

人间最美的读书声

李良旭

在叙利亚与土耳其边境接壤的一片荒凉地方，刚刚从霍姆斯逃离出来的苏姗小姐带着一脸惊恐，正蜷缩在一个废弃的土屋里。很长时间了，她的胸口还在剧烈地起伏着。那梦魇般的日日夜夜，让她现在想起来仍是惊悚万分。

过了很长时间，苏姗的心才渐渐舒缓了下来，她心力交瘁地走出土屋，深情地眺望着家乡霍姆斯的方向。

她看到，远处山路上，从家乡霍姆斯方向逃离战火的难民正源源不断地拥来。持续一年多的国内动荡，使叙利亚民众饱受战火的蹂躏、摧残。昔日美丽、平静的叙利亚已经被战火摧残得遍体鳞伤，民不聊生。

苏姗在霍姆斯一所中学教书，她的男朋友道格拉斯也在这里教书。苏姗和道格拉斯曾是大马士革大学的学生。在一次学校举办的联谊活动中，美丽、聪慧、善良的苏姗，令道格拉斯一见钟情。道格拉斯开始狂热地追求苏姗，苏姗对英俊、高大的道格拉斯也心动不已。不久，两人就热恋了。

菁菁校园的林荫小道上、碧波荡漾的小湖边、图书馆的阅览室里，常常可以看到两人浓情相依的身影。两人相约，大学毕业后，就到家乡霍姆斯中学教书去，向孩子们传递知识、友谊和爱。每当此时，两人十指相扣，仰望着湛蓝的天空，眸子里露出无限的向往。那一刻，两人的心紧紧地贴在了一起，他们感到了一种天长地久的美好。

大学毕业后，两人一起来到了家乡霍姆斯一所中学教书。看着一个个活泼可爱的学生及明亮的校舍，两人深深沉浸在教书育人的幸福中。

可是，这种幸福、平静的生活没有持续多久，叙利亚国内就发生了严重的动乱，各种政治派别风起云涌，人们互相攻击、谩骂，最后导致武装暴乱，局势在一天一天地恶化。

这种动乱的局面，也彻底地改变了苏姗和道格拉斯昔日平静的生活。因不同的政治主张和信仰，苏姗与道格拉斯产生了严重的意见分歧，两人谁也说服不了谁，最后发生激烈的争吵。

学校停课了，老师们也各奔东西，另谋出路。道格拉斯丢了教鞭，拿起了 AK-47 冲锋枪，参加了自由军武装。大街上，枪炮声，一天紧似一天，许多居民楼被摧毁，无辜居民被子弹打死打伤。霍姆斯的上空，充满了战火的硝烟。

苏姗的母亲和妹妹也被炮火击中，失去了生命。曾经温馨、甜蜜的家庭也不复存在了。为了躲避战火，苏姗随着逃难的人群，带着自己唯一的一样东西——一块小黑板，长途跋涉，最后，逃到了叙利亚与土耳其接壤的边境找到了一块安身之地。

眺望着远处的家乡霍姆斯，泪水又一次划过苏姗的面颊。她的耳旁仿佛又响起了那隆隆的枪炮声，那一声紧似一声的枪炮声，撕裂了她的心，流淌着汩汩热血。

她想起了道格拉斯。她至今无法理解，一个拿教鞭的手，什么时候会开枪了？她记得，她曾经温柔地抚开道格拉斯的手掌。她看到，他的手掌白皙、柔软。他深情地说道，他要用这双手，写出最美的叙利亚文字，给孩子传授知识。她看到，他的目光里，像湖水一样清澈、明亮，不染一丝杂质。她深深地陶醉了，陶醉在这清澈的眼睛里……

可是，让她始料不及的是，自叙利亚发生严重动乱以来，这双清澈的眼睛不见了，变得浑浊、茫然起来。道格拉斯热衷于街头打、砸、抢，最后甚至拿起了枪。道格拉斯让她和他站在一起，拿起枪，参加武装斗争；她要他安下心来，努力教育好学生，应该将"心"放在课堂上。他笑她幼稚、可笑，学生气太重。

　　她感到心里一片冰凉。她心中的他已离她渐行渐远，再也回不来了。两人谁也说服不了谁，最后各奔东西。

　　苏珊从枪林弹雨的霍姆斯城逃离出来，逃到这片荒凉的地方，暂时远离了战火的纷扰。她的心，才渐渐地平静下来。

　　她看到那些逃难来的人中，有许多还是儿童，苏珊心里不禁溢满了惆怅。她想，如果不是动乱，这些孩子们正在教室里接受教育，享受幸福、宁静的生活。可是，现在他们却失去了过去那种幸福和宁静，随着家人逃难到这里，这对他们幼小的心灵是多么大的打击和摧残啊！他们的心里，一定布满了阴云和惆怅。

　　想到这，苏珊心里掀起了巨大的波澜。她将带出来的那块小黑板挂在土墙上，在黑板上，用粉笔写下一行叙利亚文：我们的学校开学了！然后，她走进孩子们中间，将孩子们带到小黑板前的空地上坐下。

　　她站在黑板前，看着面前一双双天真无邪的眼睛，深情地说道："孩子们，我们的这所特殊学校就要开学了！无论我们国家发生了什么，我们都不应该放弃学习，只有掌握了科学文化知识，将来才能更好地建设我们美丽的祖国和家园。"

　　说到祖国、家园，苏珊哽咽起来，眼睛里有了晶莹的泪水，她看到，孩子们的眼睛里也噙满了泪水。

　　苏珊抑制住内心的悲伤，在黑板上写下了"和平""友爱""幸福"几个词。然后，她对着孩子们说道："今天我们开始上第一课，大家跟着我一起念，和平、友爱、幸福！"

　　孩子仰起头，脸上露出憧憬的神情，随着苏珊一起朗读起来。那琅琅的读书声，在这片贫瘠的土地上传出很远、很远……

　　苏珊说道："和平、友爱、幸福，是我们人类最宝贵的东西，它是一种强大的力量，离开了这些，我们人类就谈不上发展和进步，动乱、内战、战争，只会给我们国家带来灾难，我们一定要珍惜和平、友爱和幸福，只有这样，我们的生活才能充满阳光和雨露，人们才能过上幸福、甜蜜的生活！"

苏姗再次抬起头,眺望着家乡霍姆斯的方向,孩子们的目光也随着苏姗的目光向远处望去。远方,山高水长,迢迢渺渺。那里曾经有他们美丽的家乡,那里曾经有他们的梦想,那里曾经是他们的天堂。

苏姗深情地说道:"当阴霾过去,阳光一定会洒满大地,那个时候,我就会和孩子们一道回到我们可爱的家乡,把我们的家乡建设得更加美丽、富饶!"

一缕金色的霞光从乌云的缝隙中照射下来,照在孩子们身上。孩子们身上像披上了一层金色的羽毛,闪烁着耀眼的光芒,熠熠生辉……

第四辑

不能说的秘密

　　走的时候,望着眼泪汪汪的小 A 和孩子们,他唔嚅着,欲言又止。在他心中埋藏着一个秘密——关于一个孩子的尊严的故事。他清楚地知道,一定不能将它公之于众。

生日礼物

张素燕

在清华大学进行了为期两周的培训学习,回到家后,我给老公讲我在清华学习时的见闻、经历和感悟,不经意间就说到了孩子教育的话题。我说,觉得很对不起孩子,欠孩子的太多、太多了。清华大学张牧寒研究员讲,要用同理心去对孩子,要蹲下来,站在孩子的角度去看世界、想问题、做事情。这时,老公说:"对了,我让你看样东西。一幅画,你见了吗?""什么画? 我不知道。"我诧异地问。老公在床头柜里翻了几下,拿出一张纸。这是一张普通的条格作业纸,可上面画着一幅稚嫩而又多彩的画。画上有欣欣向荣的金灿灿的太阳花,有生机勃勃的绿色的小草,有朦胧的远山和树木,有潺潺流动的清清河水,还有生机盎然的村庄和正在觅食的小鸡……画面正中间是用彩笔描写的"生日快乐"四个大字,再往下,在太阳花的顶端有一个方框,里面写着四行相同的字,"祝你生日快乐",在右边还配上了小花边。

我的眼睛顿时湿润了。由于工作原因,老公经常出差在外,前几天他过生日时,我正在清华大学学习,孩子则暂时寄养在我大姐家。在妈妈不在身边,爸爸也不在身边的日子里,儿子还记着给爸爸过生日,还记着给爸爸送生日礼物。我不知道儿子是在什么时候画的这幅画,是在中午放学,还是在晚上睡觉前,也或许是在黎明时分的被窝里。我可以想象出孩子画这幅画时所想表达的真挚感情和美好祝愿。

我是一名英语教师,老公经常不在家,我一个人带着 8 岁的儿子,又得忙学校,又得管家里、带孩子。工作、生活、家庭的重任都压在我一个人的肩上,我经常忙得手脚不停,喘不过气来。很自然,孩子成了我的出气筒、发泄袋。

我没有心平气和地对孩子说过一句话，没有耐心地听他讲过学校的趣事见闻，没有陪他写过作业，没有陪他玩过，更没有心情与他沟通交流。我对孩子说的话，除了吵，就是训，要么就是打。

早晨，我6点之前就去学校上晨读课，把他一个人扔在家里，任凭他哭喊，我也不得不狠心把门"哐"地碰上；7点上完早读回来，我赶紧做饭，8点之前我还得赶到学校上课，所以，任凭他哀求，他也不得不自己走着去一千米外的学校去上课；晚上，我去上夜自习，又把他一个人扔在家里。多少次孩子用祈求的目光看着我，哀求道："妈，我害怕。别把我一个人扔在家里。我听你的话，你让我干什么，我就干什么……""不行！"我厉声呵斥道，紧接着就是"哐"的一声，碰门而出。

从学校回到家，我累得什么都不想干，洗毛巾、洗袜子甚至洗衣服的活儿就落到了儿子身上。一开始，他也不知道自己洗，后来，我连训带骂的，他也就习惯自己洗了。大姐向我夸赞说："这么小的孩子，独立性真强。早晨起来，自己洗手脸，饭前便后，不用说，都把手给洗了，晚上睡觉前，自己洗手脸脚。衣服脏了，也要自己洗，不需要我帮忙。我省心着呢，就管给他做点饭，别的啥都不用管。"大姐还羡慕地接着说："你姐夫说，这孩子现在已拿出了高三学生学习的劲头了。吃饭时，晾饭的时间，也能做三大道数学题出来。早晨6点就起来了，一个人看作文书，晚上，都是我催着要关灯了，他还央求着，再看一会儿，一会儿，就一小会儿……"

想到这里，我的内心深处，隐隐作痛。孩子，妈妈对不起你。妈妈现在也是桃李满天下了，清华、北大都有了我的学生。可妈妈把无私的爱心、耐心和关心都给了学生，对你，却深感愧疚。但是，我很骄傲，你品学兼优，屡获表扬，从没有让我失望过。

现在，我试着耐下心来，心平气和地跟儿子沟通、交流。他便开始打开话匣子，讲起他的故事。我这时才明白，在孩子小小的脑瓜里，竟然装着那么大的学问，那么深的感情。原来孩子说的话，是那么有道理，那么有内涵……

孩子的世界里，一切都美！

铿锵玫瑰

张素燕

在济南悦读天下笔会的会议上，领导、专家、教授们，都分别做了精彩、深刻、声情并茂的演讲。在会议的最后，主持人深情地说："在我们论坛上，有这样一个女孩。她身体不好，只上过两年学，但她坚持自学，而且写了很多东西，在我们的论坛上一直是最积极、最活跃的成员之一。今天，这位女孩也来到了我们笔会现场。让我们以热烈的掌声欢迎她到前面来为我们讲几句话。"

我的脑海中立刻浮现一个瘦弱的身影：个子不高，瘦长的脸上，有一双有神的大眼睛，眼睛里布满了红血丝，头发高高地梳起来，但发质不是很好，干枯、发黄、发暗。她上身穿一件普通的粉色半大短袖，下配一黑色小裙。裙子下面又穿了一条黑色的紧身七分裤，看起来很像藏民。

昨晚睡觉前，我同屋的文友还在议论她。"你们注意到那个只有70斤的女孩了吗？""看出来了吗，她很自卑。不像大家，都在一块儿从容地谈笑。她躲到一个角落里，不说话。在车上时，坐她旁边的人还嘲笑讽刺她。""你们发现没，她跟谁也不说话，总是沉默不语。你主动跟她打招呼，她才缓缓地说一句，然后就又没话了。看得出她很自卑。像这样的人就多该给她鼓励，给她勇气，给她信心。"

只见瘦弱女孩缓缓地走到前台，缓缓地坐下，顿了一会儿，才发出很轻的声音："大家好。今天我很激动，在这里，我也不知该说什么，我有心脏病，因为治病花了很多钱，家里条件很困难，再加上我上学还需要弟弟背着去，所以，只念了两年学，就不念了，让弟弟、妹妹上学。"她长吸了一口气，声音有些发颤地说："我在家干些零活儿，闲着没事时，就爱读书，渐渐地爱上了写作。我写的东西还很不成熟。"她又顿了一会儿，有些哽咽地说："谢谢大家对我的关心和帮助。就这样吧。"她鞠了一个躬，手足无措地起身离开。

台下响起了热烈的掌声。

于是，她引起了我的注意。活动期间，她一直沉默寡言，用那双朴实而忧郁的大眼睛看着一切。陪伴在她身边的是一个瘦弱、个头略高、背稍有些驼的男孩，看上去有二十来岁。问之，是她的弟弟，他是怕姐姐身体不适，不能照顾自己，特意陪伴过来的。

饭后小憩时，我见她坐在白云湖畔的小石凳上，看着远处的景色发呆。我在她旁边坐下，和她攀谈起来。"你真美。眼睛真漂亮。""没有的啦。"她不好意思地笑了。"你只念过两年书，那你后来是怎么学习的呢？""我跟弟弟、妹妹学，让他们教我。"她幸福地说着。虽然只是简单的一句话，但背后有着她多少的汗水啊！我们坐在宽敞明亮、教学设备齐全的教室里，有老师精心细致的教导，还不想学习呢。她呢，在简陋得连书桌都没有的家里，只能趴在床上学习。低矮的房屋里，透不过几丝光线。她半晌干活儿，只能抽弟弟、妹妹放学回家的时间，赶紧趴在床上，撑开书本，向弟弟、妹妹请教，认真地学着、写着、记着……"遇到过难题吗？""噢，"她笑着点点头，"弟弟、妹妹不在家，我就反复地想。有时做梦还在做题呢！"这让我想起冰心先生在《我的老师》一文中写的，她算术不合格，T 女士帮她补习。冰心很用功，对于学算术真是全神贯注，竟有几个难的习题，是在夜里苦想，梦中做出来的。

"后来是怎么接触到写作的？""干完活儿，没事的时候，我就看书，看各种各样的书。书看得多了，就有一种想写的冲动。后来，家里买了一台电脑，我就上网。在论坛上发稿子，这为我的写作打开了一片新的天地。"

她缓缓地说着，声音很轻，气有些喘，还不时地咳两下。我忽然觉得眼前这个虽已 30 岁的姑娘，是那么的小巧玲珑，惹人爱怜，有一种想要帮助她的冲动。但我知道，如果此刻给她钱的话，会伤她的自尊的。我唯一能做的就是多跟她交流，多陪她说话，让她在都忙得不亦乐乎的人群里显得不那么

孤单,不再那么寂寞,不再那么受冷落。

　　活动结束的前一天晚上,我把我的老师写的一本书送给了她,上面的留言是这样写的:"亲爱的小妹,你是好样的! 你给了我们大家太多的感动。不怨命运不公平,你的人生你做主。你已经用你踏实的脚步,踩出了一条光明的道路。你是一朵漂亮的玫瑰花,铿锵而又馥郁。记住,不管在哪里,我都在为你加油,喝彩!"

　　她双手捧着那本书,不时地回头望向我的房间。那双忧郁而又感激的大眼睛,那浅浅而又真诚的笑容,像电影里的"回眸一笑",深深地定格在我的心间,让我久久不能忘怀。

　　可爱小妹, 铿锵玫瑰,相信你的生活会比花灿烂,比水清秀,朴实无华而又绚丽精彩!

老去的房子，不老的父母

杨　晔

岁月走过，总会留下各种痕迹，老去似乎就是岁月流逝最好的印证。

真的，我从来没想到房子也会变老，哪怕曾经是很漂亮的房子，也经不起时间的洗刷，会渐渐老去。

我很喜欢我家的房子，因为它大气、漂亮。

房子的外墙体镶的全是深棕色的琉璃瓦，明亮气派、端庄凝重，尤其是在雨水洗礼后更是干净可人，在阳光的照耀下熠熠发光。拉开房门是一段走廊。走几步，右手边是父母的卧室，屋里铺着深黄带着暗棕条纹的地砖。室内左面是侧面镶着淡蓝色瓷砖的炕，右面是离地面很低的窗户，地上是一盆盆水灵灵的花儿。

与父母房间相对的是弟弟的房间。推门而入，就会发现，房间的左侧还有一个更大的房间，这是我和妹妹的房间。

两个房间中间是白色框架的玻璃门，门的两侧垂着淡绿色的窗帘。两个房间的墙和天花板贴的都是乳黄色底儿嵌着白色花纹的墙壁纸。天花板还设计出精美的造型，很有层次感。夜里无论是点亮中间的吸顶灯，还是四周的彩灯，都能把房间装点得温馨、和谐。

虽然装饰大体一样，但我们的房间更好些，因为房间不仅大，而且有两面墙都是落地窗户，只要太阳出来就是阳光满屋。

放假的每个清晨我几乎都赖床，躺在床上，静静地享受着阳光透过窗帘的亮度与温度，欣赏着拉平的窗帘，如两幅画般呈现在我的眼前，又如两道风景般与我近在咫尺。窗帘的顶端是悬垂的翠绿的葡萄，中间是一根根葡

萄茎从上面垂下来,茎上伸展着淡绿的叶子。过一段时间,妈妈就进来了,她一边熟练地拉开窗帘,一边说:"吃饭了,起床吧!"窗帘一拉开,阳光刷地一下全都进了屋,所有的思绪在阳光下就会飞得无影无踪。

起床后,沿着走廊往后走,左边是餐厅,餐厅的里面是厨房,厨房的里面是洗漱间。洗漱间左侧是洁白的水盆,水盆上是银灰色的化妆镜,镜架上的牙缸里放着一大把的牙刷。妈妈不止一次地唠叨新牙刷总有,旧牙刷没人用,也不知是你们谁的,还要不要。我们也暗自好笑,因为我们每次回家都带自己的牙刷回来,可是几乎每次又都忘记带走。再回来的时候,看着那些牙刷,根本不知道哪个是自己的,于是几把新牙刷又出现了。

尽管我们说过旧牙刷不要了,可以扔掉,可旧牙刷还是越来越多。现在我才意识到不是父母舍不得扔掉那些牙刷,他们是舍不得丢下一份念想。更多的时候只有他们俩在家,看到牙缸里成把的牙刷拥挤地立着,就仿佛我们还都在家里热闹一样。

吃完饭,来到院子里,更是赏心悦目。房子前面是一处水泥平台,再往前是一个高出地面的花坛。花坛和屋檐间有个葡萄架,盛夏时分,葡萄叶子一层叠着一层,密密匝匝地生长着。一个天然的阴凉处在葡萄架的庇护下形成了。

夏末初秋,院子一片繁荣。几株一米多高的月季同时开放,百朵花仿佛是花儿的盛会一样,粉红的、淡黄的,争奇斗艳。满院子的香气,引来蜜蜂,飞来飞去不肯走,也引来斑斓的蝴蝶,它们贪婪地吸吮着,挥之而不去。

花坛下是菜地,菜地的四周又是开得正得意的花儿。每逢这时家里来了客人,刚来或临走时,都要在院子里停留片刻,对院子里的风景赞不绝口。若是夏天来了,客人就干脆直接在院子里乘凉。记得我的一个同学来我家时,郑重其事地对我的家人宣布:"你们家可以评为花园式家庭了。"

这座房子接待的客人朋友无数。无论是外地的亲戚朋友来办事,还是我的及弟妹的乡下同学不能及时回家时,父母都会盛情款待,挽留其在家里住一宿。

这座在我心目中一直漂亮的、散发着青春光泽的房子，终于在岁月的流逝中，在我不曾察觉中悄无声息地渐渐老去。

记得前几年回家时，母亲提醒我水盆不能直接排水了，洗手时要用塑料盆接水。我很纳闷地问为什么，母亲说下水道堵了，我说那就通通呗。母亲说都通了好几次了，不行了，年头多了。那多不方便啊。是的，很不方便的，脏水要先倒在水桶里，然后再倒在院子里的一处下水管里。很快院子的下水管也不能用了。这是我从不曾预料到的问题。印象中这所房子只给我们带来舒适与安逸，不曾给我们添过任何麻烦。

我开始留意它了，并不禁惋惜着：再华丽的装饰也掩饰不住它渐渐老去的容颜。我发现曾经光滑的地砖已是划痕累累，尽管父亲还是一遍遍地擦拭，它还是失去了往日的光泽。那充溢着温馨的壁纸，也无可奈何地被流逝的时光划开了好几处口子。那几扇接纳阳光、阻隔风雨的窗户，因为年久，开关都很费劲。虽然外墙曾经刷过几次油漆，可它们在与阳光相拥的日子里，还是义无反顾地褪了颜色。厨房的墙也已熏得看不出原本的颜色。

房外的琉璃墙面，许是总也没下雨的缘故，浮尘掩住了它往日的光彩。

以前我家的房子，我们这一片的房子都是引人注目的。可随着高楼的林立，它们渐渐淡出了人们的视线。

我怔怔地站在院子里。脑海里浮现着往日屋子里的温馨，院子里的热闹。我百思不得其解，这房子怎么会变老呢？它曾经那么挺拔潇洒。可很快我又想到了另一个更让人伤感的问题，它何止是要变老，周围的房子早已动迁，楼都已经盖起来了，一两年之后它同样面临着被拆毁的命运。但转念一想，这又有什么不好呢？一幢新楼在这里拔地而起，就仿佛是我家的房子又获得了新生。

就如我不愿相信房子也会变老，不曾察觉房子在悄悄变老一样，有一天我突然发现：住在这房子里的父母也变老了。他们曾经精力充沛地上班挣钱，他们满怀期望地供我们姐弟三人读高中，念大学，然后又操心我们成家立业。把我们一个接一个地都送出去了，房子里只剩下他们两个了，他们就

期盼着过节放假。

在我的印象里，好像父母是永远都不会变老的，他们总是不知疲倦地帮助我们干这干那，他们总是不厌其烦地教育我们应该这样那样，甚至他们之间也总是为不同的意见吵来吵去的。直到有一天我看见父母鬓角的白发，忽然发觉他们也老了。就像家里的房子一样，即使我不愿相信，即使我不曾察觉，他们还是会随着年龄的增长而变老的。

我执意不让他们在那座渐渐老去的房子里住了。我让他们到楼房里住，因为我还是不想让他们变老。我愿意他们为我们干这干那，因为他们还不老，能为我们帮忙他们就会有成就感；我愿意听他们唠叨我们这不对、那不对，因为他们还不老，能指出我们的不足说明他们的思维还很敏捷。我也愿意听他们吵架，因为争论说明他们思路清晰。

房子可以慢慢老去，但父母永远都不会变老的。岁月可以远去，愿父母永远在我们身边。

不能说的秘密

侯拥华

师范刚毕业那年,他到县城的一所小学实习。校领导委以重任,让他教五年级的数学课。那时他想,如果不出意外的话,实习期满,他会顺利地留下来。这对于一个来自农村、又没有什么家庭背景的他来说,机会是多么难得。

谁知,刚上任不到一个月,他就遇到一个棘手问题——教室里的学习用品频繁丢失。那天早上,他上完第一节数学课刚要离开教室,一个穿粉色裙子的女孩子哭着跑来,对他说,她刚买的钢笔,上课时还用着,现在突然不见了。

一刹那,他被激怒了——这还了得,光天化日,教室里有这么多同学在,竟然还有人敢偷东西,太猖狂了。

第二节,他临时调了课,开始在课堂上调查此事。他满怀愤怒地当着全体学生的面,用严厉的口吻狠狠训斥一番。他说,谁是小偷,请马上站出来,不然,等抓住你,我就把你开除了。一番教训过后,教室里毫无反应,再仔细观察,似乎每个人的脸上都是平静如水。

一招未见效,他心生二招——让学生揭发。他查看了学生们所有的纸条后,几个有"案底"的家伙开始进入他的视线,那个坐在丢失钢笔的女孩子前面、叫小 A 的男孩子更是引起了他的注意。

他开始一个个请他们到外面谈话,并派学生搜他们的书包和口袋,谁知仍旧一无所获。他开始愁眉不展,不知所措。一个学生偷偷告诉他说,小 A 的弟弟就在本校三年级就读,可以问问。

小 A 的弟弟向他反映说,小 A 在家写作业时经常换笔用,而且都是崭新的。到此,事情终于有了眉目。

他带着胜利的微笑赶回班,告诉大家,事情很快就会有结果。接着,他用凶狠的口吻把小 A 叫出来,不容分说拖着其往外走。他知道小 A 的家就在学校附近,是全班学生中家境最差的一个,全家人就靠小 A 父亲开三轮车拉客艰难维持生计。他想,一定是小 A 出于羡慕而生歹意才犯的错。他骑摩托车载着小 A 疾驰而行,他要到小 A 家里求证,让其哑口无言。

很快,他和小 A 就一同出现在了小 A 的父母面前。他向小 A 的父母说明了来意。小 A 的父亲用怀疑的目光看了一下小 A,把他领到小 A 的卧室找寻。

那天回去的时候,他仍旧载着小 A。在通往教室的楼道里,他听到了教室里同学们因窃喜、渴盼、焦躁不安而产生的巨大骚乱声。他推开门,拉着小 A 走上讲台。

"快宣布吧,老师!他究竟是不是小偷?把他开除了。"教室里怒声四起,喧嚣异常。他伸出双手,示意大家安静下来,然后面向小 A,深深鞠了一躬,向大家宣布调查结果:"我误会了小 A,现在向他道歉。今天,我郑重宣布,小 A 不是小偷,这件事情与他无关。"

教室里沉闷地安静了许久,他看见每个孩子脸上都挂着失望的表情。小 A 默默地回到座位上,先是小声地抽泣,后来,教室里开始传出他撕心裂肺的哭声。

放学后,他刚要起身走人,小 A 忽然叫住了他:"老师,你等等。"说着跑开了。不一会儿,小 A 从后操场气喘吁吁地跑回来,将一支崭新的红色钢笔放在他的手掌心,说了声谢谢,然后转身跑了。他紧绷的脸,终于露出了难得的笑容。此后,教室里再也没有丢失过任何东西。

那年,他最终因为某些原因,没有留下来。在他离开学校的时候,班里的孩子都来送他。

走的时候,望着眼泪汪汪的小 A 和孩子们,他嗫嚅着,欲言又止。在他

心中埋藏着一个秘密——关于一个孩子的尊严的故事。他清楚地知道，一定不能将它公之于众。

在一个孩子的卧室里，一位父亲从床下拖出一个小木箱，大半箱或破旧或崭新的笔，突然间映入眼帘。然后，一记响亮的耳光，在一个男孩的脸上响起。男人向一个孩子吼："一箱笔能换来一个人的尊严吗？能吗？能吗？"

孩子不哭也不闹，只是沉默，麻木得令人恐怖。他站了出来，轻声地说："我能。"

第五十六份报纸

侯拥华

晚报的编辑打来电话说周末版的副刊，将要刊发我的一篇稿子，但根据报社的惯例，报社是不给作者邮寄样报的，因此提醒我买一份或找一份当日的报纸以做留念。

周末的早晨，我早早起床，吃过早饭，怀着异常兴奋的心情，步行来到小区外面不远处的报刊亭。我说，买一份今天的晚报。我尽量让自己表现得平静些。

很快，报刊亭里探出一张愧疚的脸。先生，真不好意思，刚才有一位十几岁的少年把今天的晚报都买走了。

报刊亭老板的话让我觉得心里一沉，但又毫无头绪。我有些沮丧，向他辞别，决定继续向前走，穿过两个街道再到另一家报刊亭购买——天还早呢。

我迈着还算轻快的步伐，若无其事地出发了。早晨的街道，行人不多，吹来的风还有些凉意，穿过稀疏的人群，半个小时后，我终于来到了那家报刊亭门前。

"买一份今天的晚报。"我的额头冒出了细密的汗珠，擦拭了一下额头，我重新满怀信心地对老板说。这家报刊亭的老板是一个矮胖又秃了顶的中年男人，此刻，他正整理着手里一堆大小不一的零钱。头也不抬，他把一个光亮的头顶对着我，扔出一句冰冷的话语——报纸卖完了。我一愣，忙问，怎么也卖完了，现在不是还早呢？他有些不耐烦地补充道，一个小男生把十份晚报全买走了，骑着车刚走不久。

他的话一下子把我打蔫了，我心里暗想，今天怎么这么倒霉，要买的报纸这么早就卖完了。还有，那个少年，买那么多报纸究竟做什么，存心和我作对。

仍不甘心的我，低头看了一下手表，决定继续往下找。为了避开那个骑车的少年，我决定到背街小巷碰碰运气。

那天，第三家报刊亭让我走了足足一个小时才找到。这时，背街上的行人也已经多了起来，熙熙攘攘的，空气里流动着火辣的味道。我走得大汗淋漓，几乎有些支撑不住了。而那家居于背街小巷的报刊亭，门庭冷落得让我既安心又失落。我怀着忐忑不安的心情走过去，说明来意。老板居然递我一份崭新的晚报，说就剩这一份了。

拿着报纸，我激动了半天，庆幸自己的执着。我站在路边，急急地把报纸展开，翻到副刊，再找到署有我名字的文章，细心又快乐地读起来。读过后，我心满意足地把报纸折叠整齐，拿在手上，开心地往回走。出了小巷，汇入人群汹涌的大道上。

"叔叔，你手里拿的是今天的晚报吗？"正走着，一个少年忽然从背后叫我。

我一惊，转回头看时，他正停在我的身旁。他满脸都是汗，看起来狼狈，衣衫紧紧贴在前胸和后背。他不失礼貌地冲我微笑，在我脸上探询答案。

少年不过十一二岁，一脸稚嫩。

我有些疑惑，答道，是啊！怎么了？

他忽然有些激动，跳下车来。这时，我忽然看到他单车的车篓里整齐地堆放了一大沓崭新的报纸——从侧面看是晚报，今天的。

我更加疑惑起来，心中猜想，他是不是就是报刊亭老板提到的那个买报少年。他把晚报全部买走了，究竟要做什么呢？

我把眉头蹙起来。少年走到我面前，微笑着提出，要高价购买我手中的报纸，又说，现在只差一份了。叔叔，你卖给我吧，这样的话，我刚好够五十六份。

他细细向我解释。原来,少年明天就要转学随父母到另一个城市去了,他想在离开之前,给身边的朋友留一份有意义的礼物——一份有他写的文章的报纸或杂志,为此他已经努力很久了,不曾想,在离开的前一天实现了。他异常兴奋地告诉我说,昨晚,编辑老师打电话告诉他文章发表了,明天可以到报刊亭买一份留作纪念。所以,他一早就骑车出去了。

那为什么是五十六份而不是五十五份呢?我好奇地问。

我们班五十六个学生。每个同学送一份,正好五十五份。

可是,可是我还想再买一份。

是留给你自己吗?

不,我想给我的语文老师。

少年的话打动了我,我心里一震,眼角开始潮湿起来。我展开报纸,在副刊里找到了少年的名字,少年所写的那篇文章正好和我的比邻。我决定把报纸免费送给少年,以圆他心中的梦。

少年离开的时候,对我千恩万谢。望着少年转身离去的背影,我有些话要说,却欲言又止。回去的路上,我的心微微有些疼痛,又温暖着。

这件事其实已经过去很多年了,我之所以没有忘记,一是因为少年心中的那个美好的愿望打动了我,再则就是,那篇我发表在那天晚报上的文章也是我的处女作,而我把它随同报纸一并送给了少年。

古槐树下

方华

一

这是一个偏远的山区小镇，仅有的一条青石板铺就的路从镇中横穿而过。镇口，有一棵不知多少年月的古槐，古槐的对面，是一所小学。每天清晨，人们总见老人挑着一副水饺担子来到古槐树下，孤独且默默地守候着，直到傍晚离去。

那是一个残戾的冬日，寒风卷去了古槐树上仅有的几片残叶，树下的老人不由将那张饱经沧桑的脸朝衣领里缩了缩，并揉搓着几乎冻僵的双手。

"你冷吗?"

突然，一个童音在他的身边响起。老人不由一愣，抬起头来，只见一位七八岁的男孩站在他的面前，一双清澈的眼睛探询地望着他。

"噢，不冷，不冷。"老人的心中蓦然感到一丝温暖。这时，他看见男孩的手中拿着一块啃了一半的干馒头，便问道："放学了，你怎么不回家吃饭?"

男孩犹豫了片刻，答道："我家在好远的城里。"

"那你怎么到这儿来的呢?"老人好奇地问。

男孩清澈的眼里飘过一丝忧郁，他垂下眼帘，迟迟疑疑地说道："我爸爸不要妈妈了，妈妈经常上夜班，不好带我，就把我送到舅舅家，舅母说村子离这个学校远，就叫我带了馒头，中午不要回去了。"

老人的心中涌起一种酸酸的感觉，他赶忙将男孩拉到身边，说："爷爷给你下碗水饺。"

"不，我有吃的。"

男孩坚定地拒绝着。老人只好倒了碗开水给他。

"爷爷，你怎么不回家呢?"男孩啃着馒头问道。

老人似乎颤了一下，他望着孩子单纯的眼神，缓缓地说："爷爷只有一个人。"

男孩不解地望着老人，好半天，才小心翼翼地说："那我天天中午来陪爷爷好吗?"

"好，好。"老人由衷地高兴。

从此，打镇口经过的人们，便常看到古槐树下那一老一小在一起的身影，老人脸上的皱纹似乎也正逐渐地舒展开。

"爷爷，这棵树死了吗?"

"没有，它只是老了，到了春天，它会长出好多好多的叶子的。"

二

时光平静地流淌，老人爽朗的笑声和孩子清纯的笑声时时回落在阳光里。老人比以前来得更早了，走得也更迟了。清晨，他目送着孩子走进校门。傍晚，他又目送孩子幼小的身影走入远方的田野。

一天中午，当男孩像往常一样走到老人的面前时，他发现孩子的书包被撕裂了一块，脸上也有一道浅浅的伤痕，他关切地问："怎么了?"

"他们打我了。"孩子红肿着眼睛说。

"他们干吗打你?"老人为孩子整理着零乱的衣服。

"他们说我是个没人要的孩子，是个野种。"泪水顺着孩子的眼角，扑簌簌地流了下来。

老人长叹一口气，紧紧地拥着孩子。

下午，人们看见老人气冲冲地跨进从未走入过的校门，之后，孩子们知

道了，门口的老头是那个男孩的爷爷。

三

又是一个平常的日子，老人早早地来到古槐树下，等待着孩子的到来。可是，上课的铃声响起了，他也没见到男孩的身影。

阳光逐渐缩短着古槐树的阴影，老人焦急不安地等待着。

直到中午放学了，老人才惊喜地看到从远处跑来的男孩。而男孩的身后，跟着一位神情忧郁的女人。

"爷爷，我知道你一定在等我。"男孩扑到老人的怀里，眼泪流了出来。

"怎么啦？"老人吃惊地蹲下身子，望着孩子又望望孩子身后的女人。

"我来接他回去。"那女人低低地说。

"接他回去？"老人愣住了，他明白了眼前的一切，但他似乎不能接受这个事实。

"爷爷，我要回去了，以后不能来陪你了。"

老人鼻子一酸，眼里立即溢满了泪水。"回去好，回去好。"他连连说着，并给男孩擦去脸上的泪水。他想起什么，站起身对女人说道："我下碗水饺给孩子吃好吗？这么多日子，他从没吃过一口。"

女人点点头。

老人迅速地下好满满的一碗水饺。看着孩子一口一口地吃下，老人偷偷地抹去眼角浑浊的泪水。当他得知孩子明天早晨才离开时，便向女人请求道："让孩子明天一早到我这儿来一下，好吗？"

女人又点点头。

第二天清晨，当孩子赶到校门口，却不见老人的身影。古槐树那遒劲的枝杈在风中发出呼呼的声响，男孩感到无比的孤独与伤心。他默默地等待良久，然后，从身上的书包中拿出纸和笔，一笔一画地写下几个字，将纸折叠好，用一块石头压在古槐树下后，才恋恋不舍地随女人离去。

四

风,渐止了,早晨的阳光抚摸着古槐树饱经风霜的苍老身躯。这时,老人匆匆来到了树下,可他没能见到男孩,在盘根错节的树根旁,他看到了孩子留下的纸条。

没过几天,老人就离开了这个世界。人们在老人的枕边发现一个包裹,打开来,里面是一个非常漂亮的书包和几本连环画——那是老人翻山越岭连夜到附近的县城买的。

在安葬老人的时候,人们又发现,老人的手中紧紧地握着一张纸条,那上面写着:"爷爷,我走了,我好想你啊。"

青春期的那颗朱砂痣

侯拥华

13岁那年，我在一所乡村中学读初中二年级。因为结识太多混日子的死党，整个人几乎是玩疯了。于是学业一塌糊涂，所有科目都亮起了红灯。

那时，旷课、逃学、打架，和老师顶嘴几乎成了我全部的校园生活。为了管教我，班主任决定把我孤立起来，并告诫班里其他的学生一概不许理我，我的座位因此也由前三排，一下子移到了最后一排的一个死角。我成了一个无人理会的孤家寡人，每日，无聊的时候，只能与墙壁默默交谈。

那天，班主任贾老师领进来一个瘦瘦的女孩子，对大家说她叫江南，新转来的。我抬头望了望她，不可否认，她是一个十分漂亮的女生，她的洋气长相与装扮立刻把她与班里那些丑小鸭区分开来。可是，这又与我有何相干呢？

可是，我错了。因为座位刚刚调过的缘故，无奈，班主任只好把江南安排到我旁边的空位坐下来。江南的到来让我立刻不自在起来，尤其是和一个美丽的女生坐在一起，让我如芒刺在背，坐立不安。

据说，她的成绩超好，是从市里一所重点中学转学来的，这样的背景更加让我汗颜。

第一次因为这样一个特殊的女孩子，我开始有了几分收敛。第二天，我换了干净的衣服，并理了短发，还第一次破天荒地把上课用的所有资料全部带齐。在那个偏僻的角落里，第一次听她用优美的普通话回答问题，第一次看她把一本钢笔字帖放在书桌上练习书法，我心中竟然有了几分莫名的悸动。

可是,仅此而已,仅此而已。我依然是老师黑名单上的坏学生,依然没有一个朋友。

"喂!你的画还蛮特别的。"自习课上,她轻拍我的手臂,指着我在数学课本上的胡乱涂鸦,笑着说。

"有什么特别的,都是垃圾。"我虎着脸看都没看她说。我的回应令她有些吃惊,她呆呆看我一眼然后不作声了。

她的到来让班里那些调皮的小男生找到了新的捉弄对象。下课铃声刚刚响过,她的座位周围立刻就围满了各色各样的男孩子。他们大喊大叫,吵翻了天,而她红着脸低着头不去看他们。我看不过去,瞪着眼一挥拳将他们全部赶跑。

上课的时候,她偷偷递过来一张纸条:谢谢你!而那张纸条,让我的心又有了温暖的感觉。

从此,我开始装模作样地听课、写作业,只是因为基础太差,分数多在60分以下徘徊。她把她的课堂笔记拿来给我看,并指着画有标记的地方说,这些题做会了考个及格分应该没问题。

果然,在她的帮助下我的成绩突飞猛进,月考的时候,竟然有两科突破了60分。拿到试卷的时候,我尽量克制自己不要露出扬扬自得的样子。江南却笑着对我低声说,你真是个天才,稍一努力成绩就上来了,真羡慕你。我冲她笑笑,露出感激的神情。

上课时,她偷偷塞给我一张纸条。我打开看,上面写着:加油,你一定行!望着她明亮的眼睛,我心里有说不出的感动。

因为她的鼓励,那些枯燥的学习也变得有了几分乐趣。我甚至放弃课间出去"放风"的机会,坐在座位上埋头苦读。第一个学期结束的时候,我竟然考进了班级前二十名,这让所有任课老师都大跌眼镜。就这样,我由一个糟糕透顶的坏学生实现了华丽转身。升至初中三年级的时候,我的成绩几乎和她相当,成了令人羡慕的好学生。

那段日子,我发现自己的人生重新有了意义,甚至感觉自己成了一个发

光体,整日充满了正能量。

初三下学期,每个人都在为中招考试拼搏的时候,我却听到了江南要转学的消息。班主任贾老师站在讲台前对大家说,因为江南父亲工作变动的缘故她已经转学离开了。那天,我坐在没有江南的教室里,在恍惚之中度过了我学业生涯中最为难熬的一天。

江南走的时候没有说一句告别的话。我唯一保存下来的是她留给我的两张纸条。一张写着:谢谢你!一张写着:加油,你一定行!

带着她的鼓励,我继续努力前行,之后进入重点中学并顺利考上大学。

江南成了我青春期里的一颗朱砂痣,让我刻骨铭心。青春期里那种懵懂的感觉真好,激励了一个少年重新站起不断前行。

可是我知道,那种美好的感觉并不是爱恋,而是一个青春对另一个青春最美的祝福,就像一棵树望着另一棵树,一起成长那样地美好。

分享，让我们的友情香花烂漫

凉月满天

美国社会心理学家、"人本主义心理学之父"马斯洛认为，人有五种层次的需要。第一层是生理需要，这是一个人生存的基本需要，例如吃穿用度等；第二层是安全需要，包括心理上与物质上的安全保障，例如不被盗窃或威胁、职业有保障、有社会保险和退休金等；第三层是社交需要，人是社会的一员，需要友谊和群体的归属感，人际交往需要彼此同情、互助和赞许；第四层是尊重需要，包括要求受到别人的尊重和自己具有内在的自尊心；第五层是自我实现需要，指通过自己的努力，实现自己对生活的期望，从而对生活和工作真正感到很有意义。

从他的这一著名论断中可以看出，人的"社会性"是人和其他动物的根本区别。社交需要是这五个链条中的中间一环，它既让人找到群体归属感，又能树立自信心，进而才能达到自我实现的层次，因此起着重要的作用。而在社交活动中，怎样赢得友情又是每个人的必修课。

要想赢得真正的友情，就要学会与人分享。

我一个同事，像《飘》里的那个美丽善良的玫兰妮一样，每个人都愿意和她做朋友，每个和她打过交道的人都依恋在她的身边不愿离开，就像她的身上有无比强大的磁场。你饿了，在她家里，可以吃到最可口的食物；你累了，她会安排你睡在她最柔软的床铺上；你病了，她会彻夜不眠地陪在你身边；你伤心，她的眼泪流得一点不比你少。而你的欢乐，就可以让这个单纯善良的女人脸上绽开最甜最美的笑。任何一个人一旦靠近她，最后都变成她的朋友。而当有的人出于妒忌而攻击她的时候，总会有人为她挺身而出。

这个朋友幼年丧母，十几岁丧父，三年前又丧夫，一个人带着孩子过日子，困窘艰难自不必说，但她却从来不用发愁。孩子上学，自然有人帮忙找最好的学校；要装修房子，自然有人帮忙找技术最好的施工队，并且要价全城最低；即使换瓶煤气，都不劳她操心，她的学生早连搬带抬，给她弄好。所以，即使生活里一场又一场大难接踵而至，她的脸上从来就没有缺过明媚的笑。她把最好的东西奉献给了别人，别人回报她的，是一条铺满鲜花的阳光大道——这是我见过最佳的分享案例了。

我的另一个同事，个子高挑，皮肤白皙，是个有名的美人。但是，她从小所受的教育就是"各人自扫门前雪，不管他人瓦上霜"，自己门前的雪再薄也要扫，别人瓦上再厚的霜也不关己事，所以在和人打交道的时候，她本着自给自足原则，既不沾别人一分光，也不让别人沾带自己一分一毫。其结果是她每次上下班，都是一个人独来独往，而当别人提到她的时候，虽无微词，但神情里也有微微的不屑。

有一次，她突然肚子绞痛，脸色苍白，满头大汗，虽然正值休息，同事们聚在一起有说一笑，但却没有一个人在她身边，因此也无人发现她的异常。直到她挺不住央人帮忙，同事才赶紧把她送到医院。原来是胃穿孔，已经贻误了最佳治疗时间。在她住院期间，同事们除了礼节性地拜访之外，都不再露面。

巧的是与此同时，另一个同事也在住院，虽然只是一个小小的阑尾炎手术，床头却摆满了鲜花，来看望她的人络绎不绝，朋友们自发地排了班，轮值守夜；孩子一个人留在家里，却有两个同事自愿每天跑去替她照顾，洗衣服、做饭，比对自己的孩子还尽心。

这两个截然相反的例证，让我想起一段略显刻薄的话来："你鼠肚鸡肠，怎么叫人宰相肚里能撑船？你出手大方，朋友心里总记着你的情。任何东西只有先从你这儿流出去，才会有其他东西流进来。说穿了，我们从别人那儿获得的东西，往往都是我们原先付出的东西的回报。"

所谓舍得舍得，要有舍才能有得。所谓投桃报李，也如赠人玫瑰，手有

余香。一个不会分享的富翁是可怜的,因为他失去了友情的支持。

有一个动人的故事,说的是中世纪的欧洲,骑士盛行的时代,一个骑士深夜拍马,匆匆赶路,终于在破晓时分,赶到朋友的家里,急促地"砰砰"砸门。朋友打开门,一看是他,马上张开双臂,给他一个紧紧的拥抱,然后不等他说话,就抢着说:

"我的朋友,你冒夜前来,必有所谓。如果你需要马匹,你可以随意到我的马厩挑选良骑,无论你要多少,都可拿去;如果你需要金钱,我现在就带你到我的金库,那里的所有金银珠宝,都随你支配;如果你需要我的性命,那我就马上把头颅奉上,只要你说一句话,我的朋友,我决不会道半个'不'字。"这个骑士眼含热泪,紧紧拥抱这个他赶了半夜的路来见面的朋友,说:"啊,我的朋友!我既不需要你的良马,也不需要你的金银,你竟然要我取你的性命,那怎么可能!我夜里做梦,梦见你被人追杀,掉下悬崖,醒来再也睡不着,冒夜前来,只是为了看看你是否安然无恙。"

这个故事,用深情的语调,诉说的是一个美好的有关"分享"的故事。当自己的身家性命都能拿来与好友"分享"的时候,两个人相对而立,怎么还可能有"人相对,心隔墙"的尴尬与悲凉?有的是面对整个世界时,两颗心合成一个宇宙的幸福与完满。像冰心说的,"爱在左,情在右,走在生命的两旁,随时撒种,随时开花,将这一径长途,点缀得香花弥漫,使穿枝拂叶的行人,踏着荆棘,不觉得痛苦,有泪可落,却不是悲凉"。

朋友啊,让我们学会彼此分享吧,哪怕这个世界仍旧穷山恶水无限,友谊也能点缀得人生小径鲜花烂漫。

暂读禅诗半日闲

凉月满天

　　诗是这个世界开出来的花，是一个个寂寞幽魂用来解醉的茶，是残阳古道上旅人回避不了的伤感，也是禅家熔铸一炉的咫尺与天涯。

　　往往禅僧也是高明的诗人，大概参禅的人，凡念渐消，清修渐长，清风朗月，无一物不动人心，无一物不照人念，最终人我俱忘，万虑顿消，草长莺飞，卧雪眠云，整个世界不再冥冥晦晦，而是一片鹤舞云飞，美从心底冉冉升起，诗意也像雨丝风片，烟波画船，不着斧斤，自然成文。

　　虽然大多数人不懂禅意，但是偶读禅诗，却可以像一把拂尘，拂去一些尘埃，让诸多烦恼和困惑，有一个暂时的开解。

　　"古道西风瘦马，断肠人在天涯"的四海漂泊和"杨柳岸，晓风残月"的长亭分别，构成人生八苦之———生别离。既然位列八苦，自然是有它难解的苦况在。哪个人愿意离开故乡、亲人朋友，在风雨中到处流浪呢？又有哪个人愿意自己的亲人朋友纷纷走开，剩下自己一人茕独可怜？这两种行为导致的感情痛苦，于平常人几乎是不可避免的。就是那句"我们今天的分别，是为了明天更好的的相聚"，其实也是一种自我安慰而已。

　　但是临济宗禅人的一首送别诗，却让我看到一种别样的风光：散尽浮云落尽花，到头明月是生涯。天垂六幕千山外，何处清风不旧家？

　　修行到了极处，不仅浮世繁华都如过眼云烟，不着一念，就是参禅得来的圣解，本来如同一树繁花，此刻也让它片片落下。到最后，整个心里就剩下一轮清明朗润的圆月，照着自己走遍万水千山，却又如同一步也不曾离开自己的家园一般的安适。

自古以来,成千上万的人避世入山,以期静心修炼。现在还有个歌唱家李娜放着歌不唱,万丈红尘里的福不享,做了尼姑,潜心修佛。可惜像这样坚决的人仍旧是少,俗世中人如我之辈众多,不肯舍了家业和人口,去修那清净般若。但又为种种烦恼所累,无法解脱,此时需要有直入人心之作,可供参演寻求,暂解劳生之苦。

杨岐宗禅师赋诗一首:"但得心闲到处闲,莫拘城市与溪山。是非名利浑如梦,正眼观时一瞬间。"

看来真正禅到极处,倒不是什么都不再存在的顽空,也不是避居深山,不闻世事。只要心定神闲,红尘也是深山。句意清浅,人人能解,境界高深,非常人可道。历来禅家主张当吃饭时吃饭,当睡觉时睡觉。只是我等愚人往往"吃饭时不肯吃饭,百般须索;睡时不肯睡,千般计较"。什么时候能修到这等境界,生活也会容易许多。

还见过更有趣得多的禅诗,不明所以地读来,会以为是翩翩浊世佳公子所写呢。"二八佳人刺绣迟,紫荆花下啭黄鹂。可怜无限伤春意,尽在停针不语时。"

历来杨岐宗就爱禅里生出奇趣,于是诗也独树一帜。本诗原来是以红粉佳人喻佛子。佳人怀春,玄想情郎。这里竟然是用来喻那学佛的人时时刻刻对本来面目的怀想。透脱处真是无物不可入诗。

有一僧一尼相对论禅,僧捏了女尼一把,女尼大惊:"想不到你还有这个在。"僧一笑:"是你还有这个在。"哪个?意想情识,尘世里情事。心里没有,手上有也当是没有。就像那个著名的小和尚和老和尚的公案。老和尚背小娘子过水,过后即放。师徒接着行路。小和尚问师父,都说男女授受不亲,师父你为什么要背她过河?师父说,啊,我早忘了,原来你还一直背着她。

就是这个。只要心里坦然,禅诗也可入于绮靡。

寻佛的人,千辛万苦,走尽天涯。弯弯转转,觅不见清净自性。感觉目标十分遥远,难以到达。可是一旦明了开悟,却发现原来大道就在当下,就在睡觉吃饭,行住坐卧,水流花谢,平常景象。这个时刻,心里真是轰然狂喜。正所谓："众里寻他千百度，蓦然回首，那人却在灯火阑珊处。"所以会有诗为颂："一重山了一重云，行尽天涯转苦辛。蓦紫归来屋里坐，落花啼鸟一般春。"

以前也见花谢花飞，以前也听鸟声只在耳东西，只是心心念念，不在此处，闻也未闻，见也未见，或者是感时花溅泪，恨别鸟惊心。此刻开悟，整个世界的清明都向自己踏歌而来。

参透禅关的人，万事万物还其本来面目，自己心里看断一切意想情识，所见之物和常人不同，甚至颇不合逻辑，以此成诗，读来有些荒诞奇趣，但细细嚼来，又无法不钦佩禅者的透脱，一无挂碍。

善慧禅师有一首诗：空手把锄头，步行骑水牛。人在桥上过，桥流水不流。

你看，历代无数名人骚客，哪个能写得这样的反常？能有这样违反常规的观望和思维角度的人，心里已经脱了日常的逻辑和惯例。世上万物已经没有什么能够束缚他了，他还有什么不安宁或不快乐的？

当一切都可以放得下的时候，我们的第三只眼睛就可以慢慢睁开，笑看金乌东升玉兔坠，行宫见月不会是伤心色，夜雨闻铃也不再是断肠声。这个世界上，可能少了许多的恩怨、计较、争斗，也少了悲伤、幽怨、离愁，而多了些平和美丽与安宁淡泊。

正所谓：春有百花秋有月，夏有凉风冬有雪。若无闲事挂心头，便是人间好时节。

温暖的蓝棉衣

林华玉

十八岁时,寡居的妈妈为了我,托关系将我转学到了一家师资力量不错的高中。在那里,我有了一个绰号:考古专家。

那是袁刚给我起的绰号,他是我的同桌兼室友。和我一样,他也是一个脑袋,两只胳膊,两条腿。但是同人不同命,袁刚的爸爸开着一家房地产开发公司,家财万贯,有吃不尽的零食,穿不完的好衣服。而我爸爸在我十岁时就因病去世了,还留下了一屁股债。我妈妈靠开一家小裁缝店支撑着一个家。这几年随着人们生活水平提高,来裁缝店做衣服的人越来越少,妈妈的生意很不好。因为家境贫寒,我没穿过服装店里出售的衣服,只能穿妈妈亲手给我做的衣服,为此袁刚才给我起了这么一个绰号。

天气冷了,同学们都穿上了羽绒服,各种颜色的羽绒服碰在一起,成了校园中一道美丽的风景线。而我还穿着一件绒衣,我多么想妈妈也给我买一件轻巧、时尚的羽绒服,也成为这道风景线中的一员呀!

那天,我正在学生公寓内温习功课,公寓管理员说有人找我。我出去一看,原来是妈妈,她手中拿着一个鼓鼓囊囊的大包裹,看到我出来,妈妈就把包裹打开了,里边是一件蓝布做的棉衣。她说:"林子,天冷了,妈给你做了件新棉衣,快穿上看看合身不?"又是手工做的棉衣,我失望极了,但是看着双眼通红的妈妈,我能说什么呢,于是淡淡地说:"你快回去吧,别错过了回程车!"说完就抱着棉袄进了教室。

袁刚见我抱着个大包袱进屋,就问:"专家,你手里是什么宝贝?"说完不由我分说,就抢过了包袱,并打开了。室友们也都靠了过来,看着那件棉袄,

他们议论起来,有的说:"这棉袄一定是公元前的东西,有收藏价值!"有的说:"市里的历史博物馆正缺藏品,你可以将这件棉袄捐出去!"那一刻,我窘得恨不得找个地缝钻进去。

袁刚却没有说话,他捧着那件棉衣愣了片刻,然后大声说:"专家,我们换一下衣服穿吧!"看着我摸不着头脑的样子,他又说:"我的意思是用我身上的羽绒服和你换这件棉衣。"说完他不由分说,就将身上的羽绒服脱下来,披在我身上,接着将那件蓝布棉衣穿在了自己的身上。

袁刚用右手抚摸着棉衣,喃喃地说:"这棉衣真好,棉花多温暖!"他抬起头时,我发现他的眼角竟然有亮光在闪。我纳闷了,这个玩世不恭的家伙是怎么了?

此后,袁刚就穿着我的蓝布棉衣出入于校园,学校里有很多和袁刚生活条件差不多的同学。看见袁刚穿的这件棉衣合体而不失大方,纷纷问他是在哪里买的,袁刚就把我介绍给他们,说是我妈妈做的。这些同学也让我妈给做棉衣,这一来,妈妈的生意一下子好了起来。我内心挺感谢袁刚的,但是不知道他为什么如此喜欢这件蓝棉衣,为什么要帮我。

答案在寒假前揭晓了。那天放学后,袁刚忽然对我说:"林子,我想求你一件事!"我说:"你是对换衣服的事情后悔了吧? 我这就把羽绒服给你脱下来!"

袁刚制止住我,说:"我不是这个意思,我是想,你能不能回去跟你妈妈说一声,再给我做一条棉裤。"看着我瞪得老大的眼睛,袁刚一脸忧郁地给我讲起了他的经历。

原来,别看袁刚家现在这么有钱,可他小的时候,家里也很穷,过年都买不起一件衣服,他的衣服、鞋子都是他妈妈亲自给做的。当时袁刚和我一样,很不喜欢妈妈做的衣服,有时甚至故意将妈妈做的衣服用剪子剪破。后来他妈妈在他十岁时遭遇车祸去世,从此他再也没有穿过妈妈做的衣服。那天他看见我的棉衣,一下子勾起了他对妈妈的思念,于是就决定和我换衣服来体会一下久违的母爱。

　　回家后,我对妈妈讲了袁刚的事,妈妈的眼角也湿润了。第二天一大早,妈妈将一条熬了一个通宵做的棉裤递给我,说:"林子,你告诉袁刚一声,只要他不嫌弃,以后他的棉衣妈妈包了!"

　　我看着棉裤上那细密针脚,嗅着新棉花那淡淡的香味,突然想起那首著名的《游子吟》来:"慈母手中线,游子身上衣。临行密密缝,意恐迟迟归。谁言寸草心,报得三春晖!"

　　那一刻,我泪如泉涌!

总有一些花朵，会在夜里开放

第五辑

交际中的距离美学

交际距离，要因人而异，灵活调控，才能进退有据，张弛有度。面对豪放外向的人，引力过大，要适当拉开一点距离，这样才不会出现物极必反，交注过度。面对拘谨内向的人，引力较小，要适当缩小一点距离，这样才不至于错失缘分，遗憾终生。

从盖茨第二个梦想说起

金明春

　　善于发现自己，并且善于经营自己，是一个人成功的关键。他读中学时，就发现了自己在软件方面的天赋，并且在13岁时开始了计算机编程。兴趣，给一个人的成功鼓以强劲的风帆。后来，他考进了哈佛大学。在大学三年级的时候，他做出了一个让人匪夷所思的决定，离开哈佛，去专心完成他的梦想，把全部精力投入到微软公司中，为个人计算机开发软件。这样的举动，创造出了一个神话。

　　他就是微软总裁比尔·盖茨。

　　最近，他又宣布了一个消息，要把他名下580亿美元的财产全部捐献给慈善事业，有一种"千金散尽不在乎"的豪迈气概。华尔街投资人詹姆斯·里奇评价比尔·盖茨说："他今天的举动，远比创立微软、连续13年成为全球首富更令人钦佩。"

　　年轻时，他有一颗对电脑无比钟爱的心和一个让全世界的人都使用电脑的梦想。年迈时，他投入了第二个梦想——慈善事业。他将会比之前的盖茨更加富有。全力以赴投入慈善事业为退休的比尔·盖茨打开了人生的另一片天空。

　　前半生，他缔造了一个伟大的神话，接下来，他将缔造另一个神话。物质的富有，再加上精神上的富足，他的一生充实而幸福。人们经常津津乐道于比尔·盖茨每秒可以赚100美元，但却不去关心他如何花钱；人们常羡慕其连续13年成为世界首富，而忽略他多年蝉联慈善捐助世界第一的事实。不把财富留给子女，这是美国许多富人奉行的原则。在现实生活中，美国人

并不十分重视富人们谁比谁钱多，而更看重谁比谁捐钱多。是否能以一种超脱的心态看待财富，这是检验生活品位高低的试金石。数字显示，美国的企业和个人，每年通过各类基金会进行的慈善公益捐助达 6700 多亿美元，占美国 GDP 的 9%。除了富人外，美国平民百姓在捐款方面也不甘落后，钱多多捐，钱少少捐，无钱捐赠便做义工。可以说，乐善好施的品德已渗入许多美国人的骨髓，融入到美国文化之中。盖茨是个懂得如何爱子女的好父亲。盖茨的财富都是通过智慧和劳动赚取的，既然这样的钱都不能留给子女，中国一些父母更不能把"不清不白"的钱留给子女！从这个角度看，盖茨给我们上了一堂生动的财富教育课。

"达则兼济天下"，中国人并不缺少慈善的文化传统。"仁"，对于我们现代人来说，是面对需要帮助的人，能否伸出友善之手。仁，爱人，最重要的人是眼下需要你帮助的人，最重要的事就是马上去做，最重要的时间就是当下。

盖茨教给我们如何在现代生活中获取心灵快乐，适应日常秩序，找到个人坐标。上善若水，大智若愚。浮躁的世间，有没有更为开阔的人生？什么是我们值得奉守的东西？对自己的超越，对肉身的超越，精神，追求，是你的心灵阳光。心，是自己永远的家。多少金钱的诱惑，多少权位的争夺，使人们抛却了亲情、友情甚至生命。一颗慈善的心，是幸福的港湾；一颗慈善的心，是人的福祉；一颗慈善的心，是使自己安乐的因素。

我们今天缺少了一种力量，其中最主要的原因就是我们缺少了一种信念。道德的迷失，精神的涣散，使得我们迷茫痛苦。心灵困惑，是一个永恒的话题，也是今天一个最为重要的话题。心灵困惑，以其巨大的杀伤力，虐伤着我们的心灵。我们的物质生活显然在提高，但是许多人却越来越不满足了。人人都希望过上幸福快乐的生活，而幸福快乐只是一种感觉，与贫富无关，同内心相连。

如今，面对诱惑我们过多地关注自身的利益，而忽视了生命的质量和意义，忽视了精神与爱心。风帆不挂上桅杆，是一块没有动力的布。理想不付诸行动,是虚无缥缈的烟。拥有爱心,首先就要拥有行动。

把慈善事业作为梦想,应该怀有一颗柔善的心。给予,是一种快乐。因为给予并不是完全失去,而是一种高尚的收获。

帮助他人获得利益而不是夺取他们的利益,得人之力者无敌天下,得人之智者无畏圣人。帮助他人,才能得到他人助力。得到他人助力,你的成就才会更大。

今天的盖茨更富有,因为他富有一颗善良的心,他富有的是慈善的胸怀。

难忘那故乡的秋天

陈东明

人人都说："万美秋为最。"因为人间收获、丰收的喜悦尽在秋天；人团圆、月亮最圆的民间习俗也在秋天；天高云淡、多姿多彩的"层林尽染、万山红遍"的煦丽景色，也同样是在秋天。

不少诗人赞美秋天的景色，有北宋诗人苏轼写的《水调歌头·明月几时有》，唐初王勃《滕王阁序》亦佳句迭出，"落霞与孤鹜齐飞，秋水共长天一色"。对后者，历来被文人墨客公认为绝句。更有汉朝刘彻《秋风辞》写的"秋风起兮白云飞，草木黄落兮雁南归"等，无不表达了作者对秋天美好景色的赞颂。

我同样十分喜爱秋天，因为秋天的景色十分煦丽。不少诗人常云："江山如海，残阳如血。"其实"残阳"如果以一天来指，就是下午或黄昏，太阳将下山之时的煦丽。如果以季节来指，就是金秋这个美好的收获季节。

每当秋天到来的时候，在城市生活了几十年的我总觉得，秋天有些平淡而单调，甚至连色彩较一年四季也没有多大的区别。这时候，脑海中、骨子里不知不觉想起了故乡的秋天。在我的心目中，故乡的秋天是十分美丽的。

我的故乡位于广州市近邻的东江地区，属半平原半丘陵地带，在平原及山冈中，除了种植不多的水稻外，还种满了荔枝、龙眼、黄皮、乌榄、石榴、橙、柑等水果，这无疑是大自然中的巨大果园。

这里，春天是绿色的海洋，秋天便是黄澄澄收获的季节。形象地说，四季中，春天是花的世界、争妍斗丽，郁郁葱葱的植物长成绿色的海洋；而秋天则是一年中庄稼和果实收获的美好季节，是对人们辛勤耕作的美好回报。

秋天一到，漫山遍野的果园及稻谷丰收，果园里果子的芳香扑鼻而来，沁人心脾。果树中，小孩子们追呀、跑呀，玩起来就没够，童年的往事和欢声笑语至今令我难以忘怀……

白天，天高云淡。傍晚，太阳快要落山的时候，那苍绿的远山，被夕阳映得姹紫嫣红，轻风吹来，田野散发出清幽的芳香。刚刚收割的稻谷，装满了一车又一车。夕阳下，随着那拖拉机的响声远去，田间小路上留下一阵阵的稻香。路边，那晚开的野菊悠闲地摇曳着花枝。这幅风景画多美呀！迎着秋风，欣赏这迷人的秋色，真令人流连忘返……

许多人认为秋天是凄凉的，但是故乡的秋天却是充满诗情画意的，是多姿多彩的。它不像北方的秋天那样寒冷，那么快进入了冬季。故乡的秋天是温馨的，刮着温和的秋风。太阳暖洋洋地照在人脸上，像母亲的手抚摸着你。故乡真是个宝地！

故乡的秋天是红色的。山坡上，枫叶和勒杜鹃正红，映在清澈的小溪里，让整个小溪染上了红色，微风吹拂，小溪泛起阵阵涟漪。橙也熟了，黄灿灿的，与秋日的阳光互相挑逗。

故乡的秋天是黄色的。阳光是金黄色的，树叶是金黄色的，田野的稻谷是金黄色的。阳光下，秋叶顽皮地在树上荡秋千，然后像一只只长着金翅膀的蝴蝶，轻飘飘地扑向它的母亲——大地。它们满载着冬的孕育，春的萌发，夏的茁壮，向远方航行着。金色的谷穗沉甸甸的，在艳阳下泛着金光，随风舞动着，掀起层层金色的谷浪。

诗意的秋天怎能少得了秋雨和秋风。秋雨是闪亮的，细细的，长长的，一缕缕，一条条，荡漾着一股温情。它凝聚了所有的美，有小雨的温柔，大雨的坚韧，春雨的温馨，冬雨的典雅！你看它飘逸地落到绿色的水面上，一圈一圈涟漪梦幻般地从里向外散开。

望着这细细的雨丝，我心中充满了难以宁静的思绪。秋风轻轻地唤醒了沉睡的菊花，为了感谢秋风，菊花给予了秋风阵阵幽香。幽香使桂花也忍不住盛开而释放微微清香，香气混合着，在秋风秋雨中弥漫，使空气格外

清新。

　　故乡的秋天，天和水一样的清凉明净。天上有微微的白云，水上有阵阵涟漪。水天之间，充满了色彩与诗意。温暖的阳光，带着浓浓的香味，甜蜜的气氛。秋水与枫叶互吻着，秋雨沙沙地响着，山儿与云儿打闹着，水儿与鱼儿嬉戏着，带着一片秋风秋色，是色彩，是诗。

交际中的距离美学

犁 航

人际交往,善于把握空间尺度,对于良好人际关系的培养至关重要。空间距离远近适当、分寸有度,交际就会所向披靡,浅尝辄止或太过则只能两手空空。

古田和亢牛都酷爱书法,性格耿直奔放,两人一见如故,惺惺相惜。下班和周末,两人都会相互邀约,品茗啜酒,谈天说地,切磋书艺。种种迹象表明,他们将不离不弃,生死相依。

一次,两人去看书展,对某书法作品"汗青卷册"中"册"字的写法产生分歧。书法家将"册"字的一横写成了两横。古田说是错的,亢牛说可以这样写。两个志趣相投的有缘人,心灵靠得太近,物极必反,虽然只是笔墨意趣,两人却锱铢必较,都希望对方妥协。遗憾的是,两人卯上了,都不妥协。三番五次,越来越拧巴,如同两只挨得太近的刺猬,各自难受。

症结找到了,不便说破,尽管内心觉得彼此依旧最是投缘,几乎就是唯一,但交往中却各自显出一分克制来。郊游、家庭聚会,仍然常有,但都不为所累,适可而止,理智地保持着适当距离,各自轻松,相互包容异见,彼此更加珍惜。

男孩邱健和女孩夏颖是同村老乡,还是中学同学。邱健学习好,一路绿灯考进大学,考上公务员,在政府部门任职。夏颖内秀,高中毕业后上了艺专,毕业后考进文化馆当了音乐老师。两人是村里年轻人中最早实现鲤鱼跃龙门的佼佼者,彼此欣赏,默默关注,暗自惦念。因为过于自尊,尽管生活在同一座小城,却连一次近距离的接触也没有。

三年后,两人各自结婚、离婚、再结婚、再离婚,过着辛苦的生活。

十年后的某日,两人回村参加亲戚的寿宴,偶遇。邱健送夏颖回家,因为都喝了酒,胆气壮了,才结结巴巴地把心里话说了出来。邱健说:"夏颖,这么多年我一直喜欢你,我们两小无猜,知根知底,因为你太清高,冷若冰霜,我没勇气开口,但你一直是我的理想伴侣,我无论和哪个女人在一起,脑海中盘旋的始终是你的影子!"夏颖半晌无语,泪光闪闪,良久,抽泣着对邱健说:"你从小就很优秀,眼光也高,我哪敢指望?寻找伴侣,你始终是我内心的标准,遗憾的是,每一次,我都未能抵达……"

一段天设地造的姻缘,因各自的拘谨和保守,刻意疏远,导致了各自的不幸。即便两人最终能走到一起,也白白荒废了多年的光阴。浪漫的初恋,激情的热恋,温馨的家庭……人生路上,他们错过了太多的美景。

著名画家齐白石老先生对交际距离判断精准,掌控得当,成就了一段艺坛佳话。

齐白石无意中看到李可染的一幅画,对李可染的才情十分赏识。李可染听说齐老对自己评价颇高,便前去拜访。齐老留李可染吃饭,李可染哪敢惊扰如雷贯耳的一代宗师,再三推托,决意告辞。齐老动了气,对正要迈出门槛的李可染大声说:"你走吧!"齐白石的家人赶紧拉住李可染,说齐老是真心留你呢,你怎能走?李可染心里踏实了,留下用餐。

李可染拜齐白石为师,想把拜师仪式弄得隆重些,一直在精心准备。齐白石知道了李可染的想法,便说,"什么也不要"。李可染赶紧到齐府行拜师大礼,后尽得先生真传,成为一代名家。当时不名一文的李可染面对驰名中外的画坛巨人,难免手足无措,但齐老的主动热情消解了李可染内心的鸿沟,足见一代大师对交际距离的拿捏有度。

根据力学原理,在平衡中,引力与斥力大小相等,方向相反。人与人之间也充满引力与斥力,如果距离靠得太近,斥力大于引力,感情反而会疏远。反之,如果隔得太远,相互间引力太微弱,就无法走近,与好机会失之交臂。

交际距离,要因人而异,灵活调控,才能进退有据,张弛有度。面对豪放外向的人,引力过大,要适当拉开一点距离,这样才不会物极必反,交往过度。面对拘谨内向的人,引力较小,要适当缩小一点距离,这样才不至于错失缘分,遗憾终生。

倒流河边女儿红

犁　航

　　毛坝关，无坝，地无三尺平；毛坝关，有关，崇山峻岭，野兽出没，一夫当关，万夫莫开。被誉为全国第一倒流河的任河，在这里逶迤而过，给雄伟的苍山，注入了几丝脉脉的温情。

　　山势陡峭，泥土难存。这里杂草丛生，灌木遍地，树大多矮小，而其中一棵，却卓尔不群，高达十丈，树冠蓬勃，不知年岁，四季常青。它如一把撑开的巨伞，英姿飒爽地俏立于任河岸边，又像一位擎伞远眺的优雅女子，在召唤幸福的降临。

　　没有人知道这是一棵什么树，春天新芽初绽，娇嫩浅红，夏天树叶鲜红惹眼，土著居民便依颜色，叫它女儿红！毛坝关植被覆盖良好，一眼望去，满山绿色，女儿红便是万绿丛中的一点红。

　　女儿红，招人、惹眼、摄人心魂。见过女儿红的人，从此便不愿离开。即便离开，无论何时何地，脑海中都有风姿绰约的女儿红。

　　七十年前，一位风华正茂的男子，来毛坝关选址办学，不选山崖，不选河岸，径直围着女儿红，圈了三十六亩地。自此，女儿红树下，便有了琅琅书声。男子，便是这所书院的第一任校长。第二年，一位年轻女子来此游玩，爱上女儿红，从此扎根下来。当然，谁都知道，这位女子成了谁的新娘！

　　岁月匆匆，女儿红是一个温暖的港湾，毛坝关的儿女，一拨一拨地在女儿红的庇护下成长。一年，又一年，女儿红，鲜红依然。风声、雨声、读书声、琴声、歌声、欢笑声，与任河的涛声遥相呼应。一种叫文化的植物，傍着女儿红，在毛坝关生根发芽，长得郁郁葱葱，漫山遍野。这种植物有根，根叫女儿红！

一天，书院的校工闲着无事，围着女儿红转来转去，萌出修整女儿红的念头。谁叫女儿红的树冠那么恣肆，那么招摇，那么无所顾忌？这完全超乎校工的想象。要知道，校工是书院的兼职园艺师，书院内部，所有的花草树木都得听校工的。校工手里，掌握着生杀大权。何况，在校工眼里，女儿红，也不过是一棵出尽风头的普通的树。

校工不老，身手敏捷，爬树时，把女儿红痒得浑身乱颤。校工力气大，只一斧子，就砍掉了女儿红的一个树杈。但这一斧子，把校工吓得脸色发白，头昏脑涨，啪一下，校工从树上摔了下来。树丫的剁口，渗出殷红的树汁，一滴又一滴，像一颗颗血红的子弹，把校工的心射得千疮百孔——校工晕血。从数丈高跌落下，校工竟毫发未损，因为那些枝丫，像一根弹簧，起了缓冲作用。校工苏醒过来，跪在女儿红树下磕头。

校长和夫人默默地把校工砍掉的树杈上所有的树叶，一片一片，十分仔细地摘下来，一共999枚——这恰巧是全校师生的人数。于是，每个人都得到了一片叶子，每一片叶子上，都写着一位师生的名字。有人自己珍藏，有人相互交换。令人称奇的是，互换树叶的男教师、女教师不久便成双成对了。互换叶子的男生、女生，经过好多年之后，都无一例外地走到了一起！

二十年后的同学会上，没有提醒，没有约定，大家都拿出了当年的那片叶子——叶脉鲜红，像红玛瑙，瞬间点燃了昔日的点点滴滴。手捧这枚穿越了二十年时空的珍贵叶子，有人潸然泪下，有人泣不成声……

时光荏苒，一晃，校长就要退休了。退休前的那个晚上，校长和夫人在女儿红树下，静默地坐着，直到天亮。万籁俱静的书院，有一种声音敲碎了夜色。女儿红叶子上的露水，吧嗒吧嗒地滴了一夜！

第二天，书院师生和毛坝关人民，围着女儿红，为尊敬的校长送行。人们发现，壮硕挺拔的校长，一夜间头发斑白，背也开始驼了。女儿红树叶上的露水，越滴越凶了，一滴一滴，滴到师生们的脸上，砸在心里，再滚落到地上。

后来，校舍的规模也越来越大了，建筑也越来越密集，但女儿红的位置从未受到过威胁，仍然占据着书院里最大的一块空地。

老校长离任后，来了一位新校长，新校长见女儿红占地太大，便说，把树砍了，还可以修一幢综合楼。

校长办公室，教师代表和学生代表，一个个面色冷峻。校长声色俱厉：书院校舍扩建势在必行，我理解你们对这棵树的感情，但谁也不能因为私人感情而影响教育大业！这顶帽子够大，师生们都扛不住。

校工老了，在新校长面前也没有多少话语权，他插不上话，但他心急如焚，肝胆俱裂。在新校长决定砍伐女儿红的前夜，校工跪在女儿红的树下，磕了三个响头。他把一根绳子挂上树杈，然后把自己也挂上去，挂了三次，绳子断了三次，最后一次，树杈也断了。校工失声痛哭：女儿红，谁伐你，先伐我！

校长的话，师生们扛不住，但是毛坝人民扛得住。居住在书院周围的村民们，一大清早，挤在校长办公室，异口同声：女儿红在，书院在，伐了女儿红，我们就拆了校长办，要多少土地，我们无偿给！

这似乎是一场战役，不是一个人在战斗。紧接着，一摞摞信件，一个个电话，一封封电子邮件——来自毛坝书院的校友们，县级、市级，甚至省级，都念叨着女儿红，思念着女儿红……校长明白，谁再打女儿红的主意，谁就是书院的头号敌人！

校友里的一位著名作家倡议，在女儿红四周设置专栏——文化专栏，上面的文字和图像，只为女儿红。女儿红，不仅是书院的一道人文景观，一道亮丽风景，也成了书院的图腾。

有一天，一位颤巍巍的老人，坐着轮椅，在众人的簇拥下，出现在书院。女儿红树下，老人用颤抖的双手轻轻地摩挲着……那些鲜活的时光，那些温润的细节，穿过老人干瘦的手指，穿过老人手中那片早已风干的叶子，重现在老人眼前。远年的激情和梦想，远年的收获与希望……老人带着慈祥的微笑，永远地闭上了眼睛。

老人手中那片鲜红的叶子,那片被珍藏了多年的叶子,被书院封进一个精致的玻璃球里,像一个凝聚着数万年历史的琥珀,像一个寄寓着心血和理想的奖杯,更像一盏燃烧着火焰的心灯,照亮了一代代书院学子的心!

让耶鲁大学骄傲的华裔女子

李建珍

2010 年 2 月 25 日，白宫东厅，美国总统奥巴马为一位身着黑色镶红边套装的华裔女子披挂上紫绶带的金质奖章——美国国家艺术奖章，表彰她作为建筑师、艺术家、环保人士做出的卓著成就。这是美国官方给予艺术家的最高荣誉，而她是此次获奖者中唯一的亚裔。

她就是与贝聿铭齐名的国际建筑大师林璎，她的作品遍布美国各地，她曾被美国《生活》杂志评为"20 世纪最重要的 100 位美国人""50 位美国未来的领袖"。

她是一个天才，虽然她的名字前面总是被人加上"林徽因的侄女"这几个字，但这并不影响她的成就与伟大。

21 岁那年，她还在耶鲁读大四的时候，她设计的"越战纪念碑"在 1421 件角逐作品中脱颖而出，荣获第一名。

这份让她出名的作品是她的一份课堂作业：这是一座低于地平线、"V"字形的碑体，黑色的、像两面镜子一样的花岗岩墙体，如同一本打开的书，又仿佛大地开裂，向两面无限延伸，在到达地面处渐渐消失。它两边的走向分别指向林肯纪念堂和华盛顿纪念碑。这两座象征国家的纪念建筑在天空的映衬下高耸而庄严，越战纪念碑则匍匐着伸向大地，绵延而又哀伤。

这一设计方案在问世之初，遭到了很多人的反对。一些越战老兵认为：纪念碑本该拔地而起，而不是陷入地下，这份色调灰暗且朴实无华的设计方案是对战死者的不敬。林璎的华裔背景也被人拿来大做文章，并由艺术观点差异上升到人身攻击，甚至政治攻击……

评委们重新审视这 1421 件作品,依然认定她的设计最出色,国家纪念碑评审委员会最后给的评语是:"它融入大地,而不刺穿天空的精神令我们感动!"支持的声音压倒了反对的声音。1982 年 10 月,纪念碑建成。熠熠生辉的黑色大理石墙上,依每个人战死的日期为序,镌刻着美军 57000 多名在越南战争中阵亡者的名字,据说要三天才能从头到尾看完所有的名字。一本阵亡将士名录安放在起点的石桌上,他们的亲友可以据此索引找到他,给他放上康乃馨、玫瑰或美国国旗。

如今,曾备受争议的越战纪念碑早已成为华盛顿最具观赏性的场所之一,每年来此参观的游客达 400 万之多。

除了越战纪念碑外,林璎的重要作品还有许多,其中之一是耶鲁大学斯特林纪念图书馆出口处著名的"女生桌":一大片椭圆的黑色花岗岩的剖面,椭圆的中央有一个圆孔,水从螺旋上升的圆孔中不断涌出,均匀地一波一波地向整个桌面漫去,无声无息,无休无止;亦水亦岸的剖面上,以波纹的走势,排列着耶鲁大学自 1873 年以后毕业的女生的名字和数字。它无声地告诉人们,在耶鲁大学 300 余年的历史中,有近三分之二的时间里没有女生,而最早有幸进入耶鲁大学的是两名艺术系的女生。这横如眼波的薄水就这样清清浅浅、顺顺柔柔地润化着入校女生的数字和入校年代,一如女性的平和。这是耶鲁大学建筑系华裔女生林璎留给母校的礼物。

其实,在耶鲁大学的前两年里,林璎没有选过任何一门建筑学课,但当她最后认定这一专业时,她说:"我集中精力,不左顾右盼。我调整自己的课程,每周课程集中起来,然后我像其他那些不注意健康的建筑系学生们一样,通宵达旦地学习。"有一个学期,她没去过一次图书馆,她只是专注于她的建筑,从此以后,这成了她的职业。

作为一个杰出人士,林璎的天分一部分来自于她的家族,她是两个非常有成就的中国家庭结合的后代。她的祖父林常民是一个学者、诗人、外交官,她的妈妈林徽因,后来嫁给了梁启超的儿子梁思成。20 世纪 20 年代,梁启超夫妇于宾夕法尼亚大学学习,学成返回中国,致力于记录和保存中国的

建筑遗产。夫妇俩都是著名的设计家。1947年，梁思成参与设计了在纽约的联合国总部。新中国成立之后，他和林徽因又帮助设计了新中国国旗、国徽和矗立在天安门广场的人民英雄纪念碑。林璎的母亲明慧，英文名朱丽亚，其父亲是上海一个有名的眼科专家，也毕业于宾夕法尼亚大学。朱丽亚的祖母和外婆都是医生，其中一个还在 Johns Hopkins 受过训练。

在外人看来，林璎的才情，正是和她姑妈林徽因一脉相承。但实际上，林璎不会说中国话，直到21岁生日的时候，她才第一次听到父亲提到姑母林徽因的名字，这才对自己的家世有所了解。据说，林璎的父亲曾经说过这样一段话：林家的女人，每一位都个性倔强，果敢独断，才华横溢而心想事成。

由此可见，林璎成功更重要的因素是能排除外来干扰，沉浸在自己精神世界中的专注。

在中学时，她就开始做自己想做的事情，她至今仍然讨厌别人用任何形式告诉她该怎么去做，对任何事情，她都有自己的想法。从俄亥俄大学的实验中学 Putnam 毕业以后，她上了公立学校，成绩在班上一直是第一名。六年级之后，她没有交过任何亲密朋友，也从不化妆不参加正式舞会。她说："我不知道为什么，我从没听过披头士的音乐。我似乎总是在自己的小世界里，不理睬外面的世界。"

接下来，一切都顺其自然，大量的荣誉和奖励接踵而来，1984年她获得了美国建筑方面的权威奖项——美国建筑学院设计奖，随后又获得了总统设计奖。

1987年，林璎获耶鲁大学博士学位，她是耶鲁大学有史以来获得该项学位的人中最年轻的一个。她被美国杂志评为"20世纪最重要的100位美国人"，并在2002年以绝大多数选票当选为耶鲁大学校董。

林璎的人生证明了一个永恒的道理：真正的成功没有捷径可走。如果将成功比作一栋美丽的建筑物，那么家学渊源只是打下了一个好根基，而个人的勤奋努力才能为这座建筑物添砖加瓦。

真 情

厉剑童

寒假的一天，天寒地冻，北风像刀子一样刮着。难怪昨晚的天气预报说今天白天气温零下二十摄氏度，是今冬第一个严寒天，提醒大家注意保暖。

虎崽在家里做作业却一点儿感觉不到寒冷，几天前刚装的暖气片给屋子里带来了春日般的温暖。虎崽感觉好极了。爸妈出摊卖菜去了，要虎崽一起去，锻炼锻炼，可虎崽怕冷不愿意出去，借口做作业，爸妈很高兴地答应了。虎崽为自己的小聪明得意了一阵子。

虎崽正边看电视边做作业，胖胖来了，同时带来了一个令人震惊的消息：阿华得了白血病，刚从医院回家。虎崽的手抖了一下，赶紧放下笔，问道，真的?! 这种事不能骗人。

阿华是虎崽的同桌，两人是最要好的朋友。阿华四岁的时候父亲因病去世了，母亲含辛茹苦地拉扯他长大。阿华家里十分困难，他平时用的本子什么的大都是老师同学捐的。屋漏偏逢连阴雨，一个月前阿华的母亲下岗了。听到阿华患病的消息，虎崽再也没心思做作业，拉着胖胖的手往阿华家跑去。

从阿华家回来，虎崽的心里有说不出的难受。阿华是没钱在医院治疗才回家的。阿华知道自己的病情，却一点也不恐惧，更没有半点埋怨，脸上始终带着微笑。虎崽看得出阿华的内心有多痛苦，他只是不想让母亲担心，再为自己过度操劳。

虎崽决定帮助阿华。午饭吃得很晚，爸妈从街上卖菜回来已经快一点了。虎崽向爸妈说了阿华的病情，犹豫了半天，这才说自己想为阿华捐一

点钱。

爸妈详细询问了阿华的病情。虎崽眼巴巴地看着爸妈，爸妈半天没有出声。这让虎崽很失望。

爸妈起身去了里屋，出来的时候，爸爸搬出一篓子蔬菜放到小推车上，说，你到街上摆个摊，把这些菜卖了。

卖菜?! 虎崽噘着嘴巴一百个不乐意。这么冷的天，让自己的宝贝儿子挨冻? 不就是要俩钱吗，你们没爱心，不给也就算了，还想出这么个法子整我? 你们也太狠心了吧。

虎崽刚想说不去，看到爸爸不容回绝的目光，只好把到嘴边的话硬生生咽下去。这种目光虎崽还是第一次看到。卖就卖，谁还干不了。正好可以完成老师布置的社会实践作业。虎崽嘟囔着，推起车子上了街。

天冷得厉害，像下刀子一样，手都伸不出来。街上行人稀少。虎崽一边跺脚一边四下打量着，就盼着哪个好心的人来把菜全部买走。偏偏很少有人在虎崽的摊子前停下来。虎崽沮丧极了。

直到天黑，虎崽总算把菜卖完了。当虎崽用冻得像胡萝卜一样的手，把皱皱巴巴的八十元卖菜钱放到爸爸手里的时候，虎崽愣住了，第一次看到爸爸的手是那么粗糙，虎口处都裂了深深的口子，有几处用胶布缠着。虎崽禁不住心里一颤，一种异样的感觉涌上心头，尽管这种感觉瞬间又消失了。

爸爸咧着嘴巴笑了，轻轻拍着虎崽的头说，我的虎崽长大了，会做生意了。虎崽没好气地把爸爸的手拨开，心里说，哼，净说好听的，要钱又不是乱花，那么吝啬。

虎崽心里这么想着，却见爸爸把手伸过来，说这八十元钱是你的劳动所得，归你了。真的? 虎崽狐疑地看着爸爸，怎么出手这么大方?

这二百元钱也是给你的。

真的?! 虎崽高兴得几乎要跳起来。爸爸的举动太出乎虎崽的意料了。

这钱是对你一片爱心的奖励，孩子记住，这世上钱是重要，但与生命、友情比起来，钱又是微不足道的。

爸爸,您真伟大！虎崽跳起来,在爸爸的脸上结结实实地亲了一下。又转身在妈妈的脸上小鸡啄米一样亲了起来。

我这就去看阿华。虎崽说着,推起自行车就走。妈妈抓着一条围脖追出来,要给虎崽围上。虎崽摆摆手说,不用,暖和着呢。说着,他骑上车,出了家门。丁零丁零,身后留下一串清脆的铃声。

这孩子! 爸爸妈妈笑了,为有这样的一个儿子而欣慰。

但愿阿华快点好起来。爸妈的心揪起来。

其实,爸妈没有告诉虎崽,就在今天下午,他们卖完菜专门去了阿华家看望了阿华,并放下一千元钱。阿华妈妈问他们的名字,他们一个字也没说。

七个苹果

厉剑童

走出大学校门，他满怀信心和希望，一口气跑了十几个单位去应聘，却屡遭拒绝。沮丧至极的他想到家中年迈多病的父母，觉得无颜以对，一咬牙，在一个偏远小城的十字路口旁摆起了水果摊。

他起早贪黑到早市批发水果，和批发商斤斤计较地讨价还价。刚开始，生意并不顺利，收入刚好勉强够他一个人生活。

这天下午，生意惨淡，他正百无聊赖地打瞌睡，蒙眬中一个身影站在摊前。有生意了！他心里一阵欣喜，揉揉眼睛一看，只见眼前站着一个十二三岁的小男孩，穿着一身旧校服，一双明亮的大眼睛眼巴巴地看着案板上的水果发呆。这个眼前的小男孩让他一下子想起多年前的自己。

小同学，想买水果？买什么水果，叔叔帮你选。他很和蔼地说。

噢——不！小男孩一愣，先是应着，继而又赶紧摇摇头，脸一红，跑了。

真是个有趣的小男孩。他摇摇头笑了。一时没有顾客，他又打起了瞌睡。

第二天下午，生意似乎好了点。他正在给几个顾客称水果，只见人群中探出一个小脑袋，他一看，是昨天那个小男孩。小男孩手里攥着什么东西，眼巴巴地盯着摊位上的那几个红艳艳的大苹果。

其他顾客都走了，小男孩还站在那里，眼睛紧盯着那几个苹果。

小同学，来买苹果是吧？来来来，这几个苹果又大又新鲜，便宜点给你。他热情地招呼着，并拿出秤杆。

"我——我——"小男孩吞吞吐吐地说着，欲言又止。匆忙看一眼手里

的钱,脸倏地红了,一转身跑了,转眼消失了。这次他看清了,小男孩手里攥着的是几张皱巴巴的钞票。

这个小男孩为什么每次来都不买苹果?难道他的钱不够?抑或……看着小男孩消失的背影,他心里疑惑不解,转念一想,莫非他是想偷水果不成?看他每次的举动不是小偷又是什么。现在这孩子真不学好,下次来我可要小心提防,好好问问,赚钱容易吗我。

第三天下午小男孩没来,第四天下午小男孩也没来……这样一连过了四五天,他猜想小男孩一准是被他看穿了心思,不敢来了。

大约是第七天下午,小男孩再次出现在他的水果摊前。他气喘吁吁地跑到摊子前,将手一摊,说,叔叔,我买苹果。他看到,小男孩的手里是一沓皱巴巴的一元、五角、一角的钞票,还有一些七大八小的硬币。

我买苹果,要个头最大的,红的。小男孩激动地说。那种,对就那种。小男孩指挥着他拿那几个最大的红玉苹果。

小同学,买苹果给谁吃?走亲戚还是自己吃?他一边挑选苹果一边温和地搭话。

不,是给我爷爷。男孩说着,突然眼睛红了,眼泪吧嗒吧嗒落下来。

怎么啦?小同学。他急忙问道。

叔叔,您真的想知道?小男孩用衣袖擦了擦眼睛,眼圈红红的。

有什么伤心事?看叔叔能不能帮你。他看着小男孩的眼睛鼓励地说。

从小男孩断断续续的讲述中他了解到,小男孩原本有一个幸福的家庭,父母都在厂里打工,虽然工资不高,但一家人很幸福。可在他七八岁的时候,一场车祸夺去了他父母的性命。奶奶受不了打击不久也去世了,家里只剩下他和七十多岁的爷爷。爷爷天天起早贪黑捡废品供他上学。爷爷以前在村里是林果技术员,很喜欢吃红玉苹果,可从不舍得买来吃。他转了很多个摊子发现他那里有这种苹果。前几天,爷爷病了,病得很重,他想买苹果给爷爷吃,可家里没钱,他就去捡废品。第一次来的时候,他赚的钱只够买两个苹果,第二次来时够买四个苹果。但他想给爷爷多买几个苹果,让爷爷

高兴,爷爷也许病就会好了。没想到,爷爷前两天去世了,可还没有让他吃到最喜欢的苹果。我真是不中用!小男孩低着头,两只脚不停地来回交叉蹭着。

听了小男孩的叙述,他这才注意到,小男孩的鞋上缝着一小块白布。多懂事多可怜的孩子!他的眼睛湿润了。

小同学,你爷爷走了,你更要坚强,会有很多人帮助你,你这次买苹果是……?他试探性地问道。

我听人说,人死了,也同样会吃东西。我要把苹果供奉在爷爷的坟上,这样爷爷想吃苹果的时候就可以吃了。小男孩说到这里,脸上露出天真的笑容。

你真是个小男子汉,你长大了,你爷爷知道了会很欣慰的。这是七个最好的苹果,给你,不要钱。

那不行,爷爷说了,不能白要别人的东西。小男孩坚决地说。

我的钱不够买这么多吧?我打听过了,这种苹果很贵的。小男孩犹豫着不肯接,这是八元六角五分钱,您一定要收下。不够的话,等我赚了钱再给您!

够了,这几天苹果便宜了,这些钱足够了。我还能赚你一元钱呢。他说着,把价值十五元的红玉苹果塞到小男孩手里。

真的?不骗我?来拉钩!小男孩说着,伸出一只小手指。

不骗你,来,我们一起说——拉钩上吊一百年不许变!

小男孩笑了,接过那兜苹果。趁小男孩不注意,他把那八元六角五分钱偷偷塞进他的口袋里。小男孩转身跑了,跑了几步,又回来,朝他深深鞠了一躬,谢谢叔叔!

看着小男孩远去的身影,他再也抑制不住眼里的泪水。就在那一刻,他想起了远在老家体弱多病的父母。

爱是需要及时表达的。他自言自语地说。

收拾好摊子,第二天,他坐上了回老家的客车。

不要惊动幸福

李良旭

一

路边有一个地摊,摆地摊的是一个中年女人。岁月的沧桑,在女人脸上留下了深深的印迹。但是,依然掩盖不住她年轻时曾经的妩媚、窈窕,还有那种从眸子里透露出来的风情,依然清晰可见。

这时,一个中年男人骑着自行车过来了。他一下车,就一脸歉意地笑道,对不起,来迟了,饿了吧?

女人抬起头,看到男人,眼睛里闪过一丝亮色,笑道,不急,还早呢。男人憨憨地笑笑,从自行车车篓里拿出饭盒,坐在女人身边,说道,快吃吧,不然凉了,我陪你一起吃。

女人假装生气地看了男人一眼,说道,叫你在家吃好了再来,你就是不听。男人笑道,陪你一起吃,饭才香啊!

两人吃着饭,头挨得很近,还说着悄悄话。女人看到自己饭盒里多了几块肉片,就夹到男人的饭盒里。男人又把肉片夹到女人的饭盒里,说道,你辛苦,多吃点。女人说,不,你辛苦,你应该多吃点。几块薄薄的肉片,两人互相谦让着,谁也舍不得吃,但眼睛里都溢满了甜蜜和幸福。

这时,地摊前走来了一个中年妇女,她将头伸向女人的盒饭,发出惊讶的叫声,我的大妹子啊,你可真苦啊,你吃的这是什么菜啊,一点油水也没有,这怎么能吃得下去啊。说罢,嘴里还不住地发出啧啧的叹气声。

女人抬起头，尴尬地笑道，噢，是大姐啊！怎么啦？我吃着这饭菜可香啦！

中年女人不住地摇头叹息，你这是在糊弄谁啊？说句实话，你吃的饭菜，我家的宠物狗都不会吃的。说罢，脸上露出讥讽的神色。

女人端着手中的盒饭，愣愣地望着胖女人的背影，眼泪吧嗒吧嗒地滴落到手中的盒饭里。身旁的男人眼圈也红红的，再也没有欲望吃上一口了。

周遭的气氛顿时仿佛凝固了似的，让人透不过气来。

二

儿子考上了大学，虽然是一个普通的大学，但是全家人依然感到很快乐很幸福，一点没有感觉到有什么遗憾的。父亲对儿子说，儿子，你比你爸和你妈都有出息了。我只上了小学三年级，你妈才小学毕业，你在我们家可就是状元了。儿子羞涩地笑了，笑得很甜、很舒心。

全家人带着一种幸福和喜悦的心情，到车站送儿子上学去了。车站，许多家长来送孩子，叮咛、嘱咐之声，不绝于耳。

突然，有人拍了他一下肩膀。他一看，原来是自己的一个熟人，也来送儿子去上学。熟人问，你儿子考上了什么大学？

他刚说出校名，熟人脸上立刻露出惊讶的神色，说道，你儿子考的这是什么大学？那种大学上了也白上，毕业了根本找不到工作。我儿子可比你儿子强多了，他考上的可是名牌大学，毕业了，单位都抢着要，月薪最少八千块啦。

熟人的脸上露出轻蔑的神色，他转身理了理儿子的衣襟，说道，儿子，你真棒，可给老爸挣了面子。说罢，与老婆一起亲热地搂着儿子，向候车室里走去。

他们望着熟人一家远去的背影，神色黯然。刚才一家人的幸福和甜蜜，荡然无存，心，从火热降到冰点。再看看儿子，眼睛里也噙满了晶莹的泪花。

三

结婚十几年啦,一家三口还蜗居在三十多平方米的小屋子里。可是,她却一直很知足,那种甜蜜和幸福,常常挂在眉梢。都三十多岁的人了,在他面前,她还像个小女人似的。有些娇柔,甚至故意使点小性子。看到他不知所措的样子,她就会偷偷地抿着嘴笑哩。

是的,她感到自己很幸福。丈夫虽然只是一个普通的工人,工作很辛苦,工资又不高。但是,丈夫一直把自己当个宝,娇宠着自己。每天早上,丈夫最爱说的一句话就是,你再躺会儿,我先起来。那一刻,她就会慵懒地翻了个身,又甜甜地睡去了,睡得很香甜、很幸福。

待她起床后,丈夫已将早饭做好了。餐桌上,还有丈夫亲手烙的面饼。面饼上,浅浅的油、碎碎的葱花,那香味在简陋的屋子里四处飘逸、流淌。

丈夫还会拉一手好听的二胡。他常常拿起他心爱的二胡,然后拉给她听,弦声悠悠,小屋里溢满了浓浓的深情。她常常倚在门边,就这样静静地看着他,目光中满溢幸福和柔情。

女儿已上初中了,学习很好,从不让他们操心。女儿也很懂事,从没有对生活抱怨过什么,经常穿大人穿过的旧衣服。

闺密打电话说,要到她家来叙旧。她听了,感到很高兴,友情没有经过时间的冲刷而淡化,反而显得愈加深厚。

闺密和她的爱人来了。一进门,闺密就皱起了眉头,惊呼道,真没想到,你还住在这么破旧的屋子里,想当初,你可是我们姐妹几个中最漂亮的一个,没想到竟过着这样的日子,真令人遗憾。

她尴尬地望了一眼丈夫,说道,房子是显得小了点,可我感到很幸福啊!

闺密说,你别骗人了。我给你介绍下,这是我的第三任老公,是个做生意的大老板。随后,闺密压低嗓音对她说道,他可有钱了,给我买了一套大房子,房产证上写的是我的名字,将来就是离婚了,我还赚一套房子呢。我

天天在饭店吃饭，从不自己烧。说罢，闺密哈哈大笑起来。

闺密兴奋地晒着她的幸福，恨不得让地球人都知道她是最幸福的人，别人都在受苦受难。渐渐地，女人的神情有些不自然了，呼吸也变得急促起来，心口堵得慌。再看一看闺密，好像变得陌生起来。

闺密亲热地挽着她老公的胳膊走了。她和丈夫目送着她俩远去的背影，愣愣地站在那，很长时间没有说一句话。

四

嘘，不要惊动他人的幸福，幸福也是一个人的隐私。在你眼中看到的是一种苦难，在别人的心里也许正是一种幸福。这种幸福，无关荣华富贵、无关名誉地位，有关的，只是一种心灵感应和默契。这种幸福，像花儿开放一样，悄无声息，但却将馨香在彼此心田里缠绵、涟漪，化作了生命中的一种永恒。

改变人生的抢劫

林华玉

十八岁时,我高中毕业后没有考上大学,父母让我再复习一年,我说受不了那份苦,寻死觅活不从,父母怕把我逼急了,我会做出什么极端的事,也就只好依着我了。

我整天无所事事,空虚之极,迷上了网络游戏,有时甚至几天几夜泡在网吧不回家。

父母发现后,开始苦口婆心地劝我回头,无奈那时的我已经"病"入膏肓,不能自拔,父母一气之下,就断了我的零花钱,他们的意图很明显:没有钱,我看你怎么上网。

那个年龄段正是逆反心理旺盛的时候,我下定决心不向父母低头,要自己搞钱。

那时候,我认识了一个网友,叫赵航,年龄比我小一岁,境遇和我差不多,也是因为沉迷网络被父母断了经济来源,我就与他商量搞钱的事,我们觉得,吃力赚钱,一是辛苦,二是来钱太慢,远水解不了近渴,捡破烂来钱倒是快一些,可是如果被同学朋友看见,这脸还要不要了?

最后,我们决定铤而走险,走一条险径——抢劫。

有了这个主意,我和赵航就开始为这事准备着。我们之前看过不少的港台和外国电影,对一些抢劫的镜头还记忆犹新,于是,赵航偷了他姐姐的一双丝袜,我呢,则去卖猪肉的舅舅家偷了一只剔骨尖刀,然后我们就去踩点,最后选择了大连路作为我们下手的地方,因为那里路灯昏黄,行人稀少,而且没有监控。

一个星期五的傍晚，我们就来到了大连路，在那里来回地晃悠，等待着好时机的到来。

几盏半死不活的路灯亮起来了，昏黄的灯光照着大连路，行人走在这里，就像走在薄雾中。我和赵航跳进了一片冬青丛后，静静地等候着，就像躲在草丛中等待捕杀猎物的豺狼。

大约到了九点钟，路上的行人已经很少了，我们知道时机到了，就套上了丝袜。

一种难听的咯咯吱吱的声音从远处传来，渐渐近了，原来是一辆自行车，车主是个五十多岁的老男人，他身材偏瘦，穿得还行，我捅了捅赵航，指了指老人后边，赵航会意，待那人走近了，我们蹿了出去。我用尖刀指着那人，低声喝道："打劫！下车！"我模仿的是电影中劫匪的语气。

那人停下了自行车，看了看我，又回头看了看身后逼近的赵航，说："小小年纪学点什么不好，学人家打劫！"那语气像极了我的爸爸和老师，我很反感，于是把尖刀往他身上一靠，说："少废话，快点拿钱出来，否则，红刀子进去，白刀子出来！"因为太过紧张，我竟然将这句台词说反了。那人听着笑了起来，说："好好好，我就怕你的红刀子进去，白刀子出来，我拿钱就是了！"说着，他将手向兜里伸去。

那人掏出了一个东西，说："这东西你们要不要？"我们一见那东西，腿肚子就吓得直哆嗦，因为那分明是一副手铐，在灯光下，那手铐闪着幽幽的亮光。

我和赵航下意识地要跑，老人大喊一声："哪里跑，我手里有枪！"我和赵航只好回过身，等着老人的发落。

正要给我们戴上手铐，忽然间，意外发生了，老人忽然捂着胸口倒在了地上，手铐当啷一声也掉在了地上，我和赵航不知出了什么事，但是本能让我们拔腿就跑。

跑出了大约一百米，我慢慢停住了脚步，赵航着急地喊："你要干什么？快跑！"我对他说："那个老人家看起来是犯了什么病，说不定会死，我们要救

救他!"赵航说:"可是他是警察,会把我们送进监狱的!"我说:"反正我不能见死不救!"我掉头就往回跑去,赵航只好跟在了后边。

老人还在地上痛苦地扭着身子,我忙俯下身,问:"大爷,你怎么了?"老人用很微弱的声音说:"我的心脏病犯了,快点打电话叫救护车!"我抬头了看,附近哪有电话亭呀。正在这时,老人又说:"我口袋里有手机……"我忙掏向他的口袋,发现里边不但有手机,还有一叠钱,足有几千块,但是此时我已经顾不上这些,只记得要拨打120。

我的手被轻轻按住了,我扭头一看,刚才还在地上挣扎的老人已经站起来了。他微笑着,说:"孩子,我赌赢了,你也赢了!"

我和赵航莫名其妙地看着老人,不知他所云何物,这时,老人朝远处拍了拍手,说:"都出来吧!"接着,我们惊讶地看到,从黑暗处走出几个警察。他们走近后都说:"吴老,你赢了!"

那个叫吴老的老人见我们一头雾水的样子,就讲了事情的原委。

原来,吴老本名吴朗,是本市刑警队的老队长,吴老是同志们对他的尊称。吴朗从警几十年,抓获犯罪分子无数,获得了无数荣誉,今天是他从刑警队正式退休的日子,恰巧又是他的生日,于是同事们都来为他庆贺生日。吴朗的家就住在附近,可以看见那条大连路上的情况,吴朗无意间看见了正在大连路上晃悠的我和赵航,凭直觉,他感觉我们要干坏事,于是就一直观察着。

后来,他看见我们躲进了冬青丛,又套上了丝袜,就知道我们要作案了,就对同事们说了这事,同事们就想过来将我们擒获,可是吴朗制止了他们,他说:"他们还是孩子,看起来也像是初犯,我想给他们一个改过的机会!"可是有的同事说,现在这些孩子都在天上飘着呢,要是不好好教训一下,他们就不知天有多高,地有多厚。吴朗见说服不了他们,就与他们打了一个赌:他假装心脏病倒地,看看我们的反应,要是我们见死不救,就算是吴朗输了,埋伏的警察会将我们一举擒获;如果我们上前救助吴朗,那就是吴朗赢了,他们就会把我们教育一通后放掉。

结果，吴朗赢了。

最后，他语重深长地对我们说："孩子，你们记住了，一失足成千古恨！这个教训太深刻了！"

我惭愧地回到家，把自己关在屋里不出来，任爸爸妈妈怎么叫门我都不出来。

第二天，我红着眼睛对爸爸说："爸，我要去复读！行吗？"

你就一常人

我爱过，我笑过，我哭过，也尝过失败的滋味；我在众人眼中成绩斐然，可我没有什么了不起，我只是走自己的路而已。

爱的声音

刘黎莹

张强在上班途中遭遇了车祸,被送到医院抢救了好几天,虽说保住了一条命,但却成了没有知觉的植物人。

张强的妻子李艳艳天天守在医院,吃不好睡不好,眼瞅着快要熬垮了。李艳艳的母亲心疼女儿,对李艳艳说:"艳艳,好孩子,不要再苦自己了,咱认命吧。张强这个样子是没指望了,再治下去也是个花钱的无底洞,好在你们还没有孩子,医生都说了,这病没希望了,你该为自个儿的以后做做打算了。"

李艳艳摇摇头,对母亲说:"妈,你要是真心疼我,就该多给我加油,让我在张强最最困难的时候,寸步不离地守在他身边才是啊。再说了,医生只是说希望不大,也没说一点希望也没有啊。"

其实,从医生和李艳艳谈话的那一天,李艳艳就知道自己要面临的前路是什么。张强脱离生命危险后,虽说手脚会轻微动一下,亲人叫他的名字时,也能动一下,但却一直睁不开眼睛,更不能开口说话。她天天在病房里轻轻喊张强的名字,几天下来嗓子喊哑了,但她含上一片润喉片,仍然继续喊。有时实在喊得太累了,她就轻轻给张强唱他以前最爱听的那首《知心爱人》。大半年下来,张强的病情一点起色都没有。

一天,李艳艳晚上跑回家翻箱倒柜的,找出了一封很厚的信。那封信装在一个牛皮纸袋子里。李艳艳静静地坐在沙发上一页一页地翻看那封很厚的信,看着看着,她的眼泪就哗哗地掉下来。

第二天早上,李艳艳早早地来到了张强的病房前,掏出了那封信,说:

"强，我不是故意要拿这封信来念给你听的，但也许这封信能唤回你一些以前的记忆，这封信在你的心里一定是有分量的。"

李艳艳坐在张强的身边，轻轻地读那封信："强，当你看到这封信时，不知你是在家还是在单位，天都黑透了，我想你一定是下班后在家陪你的娇妻，对吧？我知道你很爱你的妻子，但你也很爱我。因为我是女人，知道你一直想要个小宝宝，可你的妻子一直没能给你生个小宝宝。你虽然从没和我提起过这件事情，但每次当我俩在外边吃饭时，我都能从你紧锁的双眉中看出你对孩子的渴望，还有你对我的爱恋。但你又是一个善良的男人，你不忍心伤害你的妻子，因此你总是把你对我的感情藏起来，尽管如此，我依然能理解你内心的痛苦。"

"艳艳！他是个病人，你却在他跟前念这些乱七八糟的东西，他都这样了，就算他真在外边做过对不起你的事，你也不该现在在医院里和他过不去啊。"艳艳的婆婆不知何时站在了艳艳的背后，婆婆一脸的不高兴。

艳艳忙把信放回随身带的包里，她转过身对婆婆说："妈，你以为我念这封信时心里好受吗？我每念一个字，就像是有人在我的心头扎一下，我都快要被扎得痛不欲生了，只是血流在了肚子里，外人看不到罢了。"

婆婆说："难受你还念个啥啊？"

艳艳说："我是在他还没出车祸前给他洗衣服时，在他裤兜里发现这封信的。我就是因为太爱他了，才悄悄把信锁起来的。我本想等找个合适的机会问问他的，没想到他却变成了这样子了。"

婆婆更加丈二和尚摸不着头了，说："难道你是因为爱他才这么做的啊？"

艳艳说："妈，你想啊，他这种病，哪件事让他印象越深，那就让他恢复知觉的可能性越大，我是把这封信当成治病的药引子啊，你能明白我的苦心吗？"

还没等婆婆说话，娘俩同时看到张强的手微微动了一下，又动了一下。然后，他的眼角竟有了细小的泪珠。一颗！又一颗！

"妈妈,你看,他一定是听到了我们的谈话了,他有了听觉了!"

"是的!是的!老天!保佑我儿子快快好起来吧!艳艳,是妈妈错怪你了。你为我的儿子,受了那么大的委屈啊!老天一定也会保佑我的好儿媳妇的!"

婆媳俩在那一瞬间情不自禁地抱在一起,喜极而泣。这时,一个让人更加想不到的奇迹出现了:张强眼里的泪越积越多,忽然一双泪水奔涌的眼睛竟睁开了!然后,睁开眼睛的张强深情地看一会儿妈妈,又深情地看一会儿艳艳,他想说什么呢?其实张强想说的事真的是出乎所有人的预料!

原来,在内心他一直深深地爱着妻子艳艳,但他们结婚好几年一直没有孩子。不光他想要个孩子,他看得出艳艳更想能早一天怀上个小宝宝。他曾经私下里去过医院,诊断结果是他没有生育能力。他不忍心把这个消息告诉艳艳,他知道如果把实情说给艳艳,艳艳是不会离开他的,他太了解艳艳了。于是他决定做出一个有外遇的假象,那样,艳艳也许会伤心地离开他。艳艳只有和他分手后,才能重新组成一个新的家庭,也才可能有做妈妈的机会。于是他找人写了那封信,然后放在自己的裤兜里。那几天,他一直在等艳艳和他闹,但奇怪的是都好几天了,艳艳一直没问他信是谁写的。这让他有些沉不住气。因为一直想这事精力不集中,所以才出了车祸,他的内心真是太爱艳艳了。其实,他好想把这一切都说给艳艳听,只是,真的不知道,到底老天会不会给张强诉说的机会呢?

青涩弦，青涩弹

李良旭

一

也就是 10 岁时的光景吧，那时候，还是个青涩的年龄，他长得瘦瘦高高的。邻家有一个七八岁的小女孩，长得柔柔甜甜的，像一朵柿子花，淡淡的黄、浅浅的绿。上学时，路过邻家门口，他被邻家女主人叫住了。女主人拉着小女孩的手，走到他的面前，对他说，你们俩上学做个伴，上学、放学路上也好有个照应。

说罢，就将小女孩的手放到他的手里，对小女孩说道，拉紧小哥哥的手，不要放开。又俯身对他说道，两人一块走，回来后，我给你摘柿子吃。说着，她用手指了指自家院子里的那棵柿子树。

他看到，柿子树上挂满了青青的柿子，光滑滑的，很是诱人。她说，那青青的柿子放在家里，几天后，它们自己就会嫣红、成熟起来，那时就好吃了，不涩牙了。

他没能抵挡住那青青柿子的诱惑，用力地点了点头。他将小女孩的手握在自己手心里向学校走去。他感到小女孩的那双小手把他的手抓得很紧，手心里渐渐地就潮湿湿的了，仿佛生怕他一松手，她就会弄丢了似的。他感到了她对他的依赖和信任，也感到自己多了一份责任和担当。于是，他把她的小手握紧了。

放学了，小女孩早早地来到他教室门口等着。他走出教室，看到小女孩

站在门外两眼在寻他，目光里，有一种怯怯的神情，看到他，眼中则立刻有了一种明媚和欣喜。本来，他还想在学校和同学疯玩一下，这下，他不能了，因为他有了一种责任，还有那青柿子的诱惑。

他走到她跟前，小女孩将小手伸出来。他伸出手，握住了小女孩的手。小女孩的小手紧紧地被握在他的手里，他又感到掌心里潮湿湿的。小女孩头顶上的那片阳光，很晃人眼。

二

不知从什么时候开始，他和女孩的手不再牵在一起了，而是松开手，肩并肩地走着。他扭过头看去，发现女孩似乎长高了许多，脸色也红润起来，头发很黑，眸子很亮，像一汪水。他笑了。

女孩抬起头，仰望着，眨着大大的眼睛，问他笑什么哩。他憨憨地摸了摸自己的小平头，说她长高了，快和自己差不多高了。她听了，兴高采烈起来，是吗？说罢，用力跳起来，要和他比一比，两条小辫在脑后一跳一跳的。

女孩有些气馁地说道，你骗我，还早哩！他看到，阳光照在女孩的头顶上，很晃人眼。

校运动会。他参加800米长跑。他很想跑，想跑出更远，还要跑出这大山，去看看外面更精彩的世界。800米，似乎很长，一直跑不到尽头。他感到嗓子在冒烟，身体似乎飘了起来，前面的阳光晃得人眼睛生疼。他渐渐地落下很长的一段，他拼命地想追赶，可是，就是迈不开步子。

他忽然听到旁边有一个尖细的声音在使劲地喊："加油！加油！"他扭头一看，心里顿时涌出一缕柔软。女孩不知什么时候跑出观众席，跑到了他的身边，跟着他跑了起来。他看到，她伸出细嫩的小手，小脸通红，要拽着他往前跑。他摆摆手，用力地跑了起来。他只听到她在他身后，高声喊道，快跑，快跑……

渐渐地，两人一起走时，不再肩并肩了，而是一前一后。他在前面，她在

后面,两人的距离拉开了许多。他有时回头,坏坏地笑道,跟屁虫。她的目光也不和他对视,而是看另一边。他看到,她头顶上的那束阳光,很晃人眼。

三

他终于跑出了很远。他跑过了一座座大山,跑到了城里上大学。他的身后没有了那女孩的身影。他不禁莞尔,暗自发笑:这跟屁虫终没能跟上他。他突然感到,阳光不再晃人眼。不知道为什么,他的心里面有了一种失落和缺失。

那种失落和缺失很快就消失了。他的身边很快有了一个美丽、高挑的女孩子。两人的手紧紧地牵在一起。女孩子柔软、丰腴的手,被他握在掌心里,他感到幸福和甜蜜。他含情脉脉地望着女孩子秀丽的面庞、乌黑的秀发,他陶醉了,那一刻,他的整个心儿都醉了。

不知怎的,他忽然想起了那只潮湿湿的手:瘦瘦的、小小的。不知那只潮湿湿的手,现在是否长大了,是否也像他身边的女孩子的手一样柔软、丰腴。

想到这,他不禁莞尔。她见了,问他笑什么?他望着遥远的天际,远处,山重水复,迢迢渺渺。他忽然有了一种伤感,喃喃道,我想起了一只潮湿湿的手。

女孩子听了,从他的掌心里抽出自己的手,仔细端详起来。这只手也有一种潮湿湿的感觉。

他再次回到那座小城时,已是人到中年了。不知怎的,在梦中,他常常梦见那只潮湿湿的小手:瘦瘦的、小小的。他对妻子说,他要带着她和孩子去看看他曾经生活过的小城。

他开着小车来到了他生活过的小城。小城变了,全变了,变大了、变丰腴了,一点过去的影子也找不到了。他找到他曾经住过的地方,可是,也找不到一点曾经的痕迹,那里已成了一片高楼林立的花园小区。

路边有一个卖柿子的摊点。他发现,这些柿子还没有熟,青青的、滑滑的,像一个个光秃秃的小脑袋。于是,笑道,这些柿子还没成熟,你就把它们摘了,吃了,会涩牙的。

摊主是个小女孩,柔柔、甜甜的,像一朵柿子花,淡淡的黄、浅浅的绿。她笑道,这些柿子买回去,放在家里,只需几天的时间,它们个个就嫣红、熟透了,想吃,很方便的。如果熟透了再摘,顾客买了,就不好带回去了。青涩的柿子,自己会渐渐成熟的。

他听了,莞尔一笑,说道,你怎么知道的? 小女孩仰脸望着他,嫣然一笑道,我妈说的。

仿佛有阳光落在地上发出“嘭”的一声响。他有了片刻的恍惚,又想起了那只手,一只潮湿湿的小手:瘦瘦的、小小的。

他看到,阳光照在那小女孩的头上,很晃人眼。

儿子嚷着要吃他手里的柿子。他轻轻地打了儿子小手一下,说道,这个柿子还不能吃,现在吃了,会涩掉你的牙,要放熟了,才能吃。

儿子仰起头,睁着一双懵懂的眼睛,望着他。

儿子瘦瘦高高的,也只有 10 岁的光景。他仿佛看到自己 10 岁时的影子,瘦瘦高高的,手心里紧紧握着一双小手,也是瘦瘦的、小小的。

你就一常人

刘述涛

　　罗伯特·蒙代尔在华盛顿大学读完研究生之后，找到自己喜欢的三位教授，问了一个同样的问题：那就是自己在资金困难的情况下，究竟该选择何种方式完成自己的博士学位。

　　第一位教授是一位年轻的数理经济学家，他给蒙代尔的建议是找一所能够提供高额奖学金的大学去完成博士学业。第二位是蒙代尔的系主任，同样也是一位国际贸易专家，他建议蒙代尔贷款完成博士学业。第三位是位微观经济学家，他笑着对蒙代尔说："这很容易，你找个非常富有的女孩子结婚，就什么事情都解决了，这名富有的女孩子不但能够帮助你完成博士学业，还能够帮助你完成你以后的事业。"

　　蒙代尔想来想去，还是决定接受第二位教授的意见，因为第一位教授和第三位教授的都有一点不可取，即使有可能找到高额奖学金的大学，但这所大学也许自己并不喜欢，同样，自己也许能找到一位非常富有的女孩子，但这个女孩子却很有可能让自己怎么看怎么不顺眼，这样还不如贷款，上一所自己喜欢的大学。

　　就这样，蒙代尔到了麻省理工学院，成了萨缪尔森的入门弟子。萨缪尔森是美国第一位获得诺贝尔经济学奖的经济学家，他同样是美国学术领域和政府决策部门的宠儿。蒙代尔有这样的老师指导，学业自然是突飞猛进。

　　很快蒙代尔就在《美国经济评》上发表了《最优货币理论》的论文，这篇论文也是经济学史上被再版次数最多的论文之一，更是政治家们引用最多的经济学文章之一，后来蒙代尔被称为"欧元之父"就有这篇论文的功劳。

这篇文章的发表,让蒙代尔的优越感立刻膨胀起来,于是他开始变得高傲起来,和人说话从来不看人家的脸。难怪有人说这篇文章发表的金光照在蒙代尔身上,让蒙代尔走路都是鼻孔朝天的。

蒙代尔似乎并没有感觉到自己的变化,他开始动不动就找自己身边的人聊经济话题。有一天他甚至跑去和自己的导师萨缪尔森讨论一些经济学的问题。萨缪尔森倒是十分耐心地听完了蒙代尔的叙述,然而萨缪尔森却没有就蒙代尔提出的经济问题发表自己的意见,而是笑着问蒙代尔:"你认为自己动手做比萨用什么牌子的奶酪好呢?"蒙代尔有点蒙了,在他的意识里,像萨缪尔森这样的经济大师是不食人间烟火的,现在想不到他还会问用什么牌子的奶酪做比萨。看着一脸惊讶又有点发愣的蒙代尔,萨缪尔森开心地笑了。笑完之后,他拍着蒙代尔的肩膀说:"我也就常人一个,你以为我披上经济学家的衣衫之后就不吃喝拉撒了?不!经济学家只是一个称号,我觉得自己一点也没有了不起,了不起的是我能够做很好吃的比萨,还能够拉一手好听的小提琴。对了,哪天有机会到我家里来尝尝我亲手做的比萨,顺便也让你听听我拉的小提琴曲。"

蒙代尔不知道自己是怎么离开导师萨缪尔森的办公室的,他明白导师萨缪尔森不愿意狠狠地批评他,只是通过自己现身说法,善意地提醒他别觉得自己真的有什么了不起,经济学家也是人。

蒙代尔变了,他变得乐意和自己的一些学术伙伴一起在酒吧讨论经济学的问题,他更乐意不修边幅地在自己书房里画一些只有他自己看得懂的油画。开始有一些美国的学者写文章或者在演讲的时候猛烈抨击蒙代尔"斯文扫地,自己不爱惜自己的面子,让美利坚学者颜面尽失"。

对这些抨击,蒙代尔总是一笑而过,因为他心里明白,当他从导师萨缪尔森的办公室出来时,他就深深地明白一个道理,经济学家只是自己身上披着的一件衣服,这是为了便于别人认识自己,而自己和别人一样,也就常人一个。

也许正是凭着这样的心态,蒙代尔获得了1999年的诺贝尔经济学奖,然

而在诺贝尔奖授奖仪式现场，蒙代尔首先炫耀的是自己 65 岁得来的宝贝儿子尼克拉斯，然后是自己的歌喉。他唱道："我爱过，我笑过，我哭过，也尝过失败的滋味；我在众人眼中成绩斐然，可我没有什么了不起，我只是走自己的路而已。"

戈达德的梦想

李良旭

戈达德出生在美国西部的一个小山村里，这里群山环绕，与外界几乎隔绝。戈达德的家很穷，他几乎没有出过远门。他常常眺望着远处的山峦，远处，迢迢渺渺，山高水长。那里有着一种什么样的景致呢？这种念头和遐想，在他心里一遍一遍地描摹着，蔓延成对外面世界的无限渴望和憧憬。

他10岁那年，有一天，一个过路车陷在烂泥里，无法动弹。他喊来村里的小伙伴，帮助这位司机把车推出了泥泞。

这位司机非常感动，对他说，美国的纽约、华盛顿、旧金山很繁华，那里高楼林立、道路四通八达，马路上的小汽车像毛毛虫，一个接一个，前面看不到头，后面瞧不见尾，人们过着幸福、甜蜜的生活。人们还能坐着飞机、轮船到世界上许多国家游玩。戈达德听了，幸福地陶醉了。

分别时，这个司机送给戈达德一本《世界地图》，告诉他，全世界都在上面写着呢。

戈达德高兴极了，他把这本《世界地图》紧紧地搂在怀里。从此，他怀揣着这本《世界地图》，每天到一个叫约翰的老人家里，听老人讲《世界地图》上的故事。约翰是村里唯一识点字的老人。老人看到戈达德这样认真，就耐心地讲给他听。不过，约翰也没有到过那些地方，他在讲给戈达德听时，脸上也满是幸福和憧憬的神情。

村里像戈达德一般大的孩子每天都在放羊、放牛，而他却整天抱着本《世界地图》往约翰家里跑，大人们都很不解。有一天，大人们问他整天看那本书有什么用？

他说，我梦想以后能走出这大山，到纽约、华盛顿、旧金山去，还要到世界上的许多地方。

人们听了，不禁哑然失笑，揶揄道，你这是痴心妄想，你不放羊放牛，将来连老婆都找不到，还想走出这小山村？我们这里的人世世代代都没有走出过这小山村，不是照样过日子？你这孩子脑袋一定有问题。

从此，村子里的大人教育自家小孩，常常会这样说道，你不听话，整天好高骛远，就只能像戈达德一样，将来一定会一事无成的。只有喂好牛和羊，将来娶了老婆生了娃，这才是人生最大的梦想。

戈拉德虽知道人们拿他说笑，但他仍坚定自己的选择，他挺直了腰板，昂起了头，大步向远处的山峦走去。

春夏秋冬，花开花落，许多年过去了，戈达德这个名字早已被人遗忘。只是偶尔会有人说道，戈达德这些年不知怎样了？不知他到过旧金山没有？真是个可怜的孩子。说罢，又不禁发出阵阵唏嘘声。

那些放羊放牛的孩子，长大了，也都娶上了老婆。不久，他们又有了自己的孩子。他们笑了，笑自己的羊和牛又有人来放了，他们的梦想实现了。

让人意想不到的是，戈达德走出这小山村后，后来成了一名著名的探险家。他到过世界许多地方，征服了一个个险峰、激流、荒岛……他把他曾经生活过的小山村告诉了美国、告诉了世界。人们知道了他曾经生活过的小山村，许多人慕名找到这个小山村，探寻他曾经生活过的地方。

村子里的人终于知道了他，知道了他这些年的变化，知道他成了世界名人，人们深感震惊，并钦佩不已。人们奔走相告，说他是村子里的骄傲。

这时人们又常常教育自己的孩子，你们要像戈达德一样，从小就要有一个远大的梦想，这样长大后才能走出这小山村，才会成为有出息的人！

人们在村口为戈达德塑造了一尊雕像，在雕像下方刻有他少年时看的那本《世界地图》。当有外人进到这个村子里的时候，村子里无论男女老少，都会向客人热情地介绍戈达德。

自那以后，村里有许多人走出了这个小山村。他们中有的成了教师，有的成了企业家,有的成了作家,还有的成为了钻井工人、销售员、演员。

有记者问村里的长老,你们村子里怎么出了这么多的人才?

长老把记者带到村口的那尊雕塑前,说道,戈达德告诉我们,一个人一定要有梦想,没有梦想的人生是空洞、乏味的。梦想,就是一种力量,它能带你飞过高山、冲过激流,看到更大、更远、更美丽的世界。

一枚功勋章

蓝雪冰儿

国庆节那天,老杨小心翼翼地打开一个盒子,却发现里面是空的。他着急地喊来儿子,问,谁动了我的盒子?

儿子摇摇头说,没人动啊!

老杨嘀咕着,那里面的功勋章哪去了呢?

儿子淡淡地说,爸,您不是常告诉我们,荣誉就是粪土吗?丢就丢了吧!

老杨没有反驳儿子,只是注视着那个空空的盒子发呆。

深夜,儿子和儿媳妇躺在炕上,为了这事辗转难眠。

儿子说,咱爸是英雄,凭什么只当一个普通的退伍军人。我把那枚功勋章拿到镇里去了,要给爸讨个说法。

儿媳妇说,爸要是知道了,会不会生气?

没事,生米煮成熟饭,他就得认。

每年的国庆节,爸都要把这枚功勋章别在身上,很激动地戴上一阵。现在,被你偷了来,他要是发火了,咋办?

儿媳妇这样一说,儿子就更睡不着了。他说,我去爸的屋里看看。

儿子蹑手蹑脚地进了老杨的屋里,看他睡得正香,就退了回去。

过了这一天后,老杨好像是忘了功勋章的事了,还像往常一样,早起,吃完早饭去遛弯儿,中午饭吃完了去晒太阳,晚上饭吃完了,就看电视,专看战争片。

儿子倒是忙活起来,三天两头地往镇里跑。有时候回来,眼睛笑眯眯的;有时候回来,脸拉得老长老长的。

儿媳妇白天从来不问，只到了晚上，两口子猫在被窝里，才开始嘀咕这事。

儿子说，镇里说要先调查调查，可是我说，咱爸那里得瞒着。他们说，这样工作就不容易做了，让我耐心等。

有一天，儿子在垃圾里发现了一样东西，忙喊来媳妇看。

儿媳妇瞪大眼睛看了半天，说，爸没事吧？

两个人跑进老杨的屋，看到老杨正在收拾屋子。

儿子问，爸，那个盒子可是你珍藏了好几十年的宝贝啊！怎么扔了呢？

没用了的东西，还留着干啥？老杨一脸平静，丝毫看不出异样。老杨是个不善言谈的人，对于战争的故事，他从来不喜欢讲，倒是有一件事，他给儿子讲过。

他说，在一次战役中，有个人用生命救了他，可他现在不知道那人是哪里人，如今还有没有亲人。

儿子不喜欢听这样的故事，他觉得战争太可怕，流血牺牲是常事，那些无名的英雄太多了。老杨好像看出来了，但后来一次机会他把这个故事又讲了一遍。

儿子、儿媳妇看到老杨很平静，也就放心了。但是，他们还是偷偷地把盒子捡了回来，藏了起来。

儿子又往镇里跑了几趟，然后又开始往市里跑。他的表情有了变化，走路也轻盈了很多。

儿媳妇不再半夜问了，见他回来就问，一定有很大的进展吧？

儿子使劲地点头，接着大声地招呼老杨，爸，我给你买好吃的了！

老杨不怒不喜，好像一辈子就会一种表情。他吃着儿子买回来的好东西，有些不高兴，又乱花钱，要知道钱不好赚啊！

儿子笑笑，说，爸，你吃吧，以后会有很多呢！

市里终于来人了，把儿子欢喜得不得了。

领导把功勋章递给老杨，儿子接过来，把小盒子掏出来，把功勋章放进

去,恭恭敬敬地递给了老杨。

市里的领导说,上级领导指示,一定要让国家的功臣安享晚年。

儿子激动地握住领导的手,说,谢谢领导,谢谢党。

领导说,我有一个疑问,像这样的英雄,国家怎么会漏掉呢?

老杨平静地说,国家安排了工作,我没去。

儿子这次真的有些激动,说,爸,你傻啊?

老杨说,我大字不识一个,又少条胳膊,不是给国家添麻烦吗?

市里的领导感动地走了,临走时说,一定会想办法,让老英雄知道,政府不会忘记他的。

儿子送走了领导,就不高兴地埋怨起老杨。

老杨打开柜子,从里面拿出一件衬衣,衬衣上面别着的十枚功勋章在阳光下闪闪发光。

儿子不敢相信自己的眼睛,揉了揉,说,爸,我不是在做梦吧?

老杨把衬衣穿在身上,说,干革命工作,是不求回报的。

儿子问,爸,那你怎么就单单把那一枚功勋章宝贝似的收着啊?

老杨脸上这回有了表情,十分伤心,眼睛都湿润了。他说,那枚与众不同,那上面沾着我战友的鲜血。

意 外

刘笑虹

老板开了家房地产公司，身价不菲。他除了做生意赚钱之外，就只有一个嗜好——下围棋，是个有本子的"业余四段"棋手。

在雇请私家车司机时，老板有一个特殊的要求，必须是围棋爱好者，而且还要"业余二段"棋艺以上的才能应聘。就这样，近年来几个司机都因技艺不能"与时俱进"，先后下了岗。

谁都知道这并不是司机们的开车技术不行，错出在他们的第二技能上。每天一两盘必修课的结果总是让老板不甚满意："你怎么老没提高，满脑子的糨糊。"在他看来，开车的司机输棋比车没开好更令人心烦，"会开车的司机哪都有，能把围棋走好的可就不多了"。

老板经常自诩是那种喜欢与高智商之人相处的人。有时司机偶尔赢他一盘，老板口头禅又出来了："看你玩这'雕虫小技'的棋风，平常生活中的小动作肯定多。"一般的人听了这些话也真受不了。

我的朋友阿汉，从单位下了岗，在家闲着。下岗的原因就是大家说他太贪玩。玩啥？下棋，什么棋都下，围棋、中国象棋、国际象棋、五子棋、军棋……实在没棋伴，抓着个看大门的老头、退休遛弯儿的老太太，还玩玩飞行棋、跳棋什么的。

单位的领导和广大职工最后一致说："我们汽车运输公司和棋协确实扯不上丁点关系，你还是回家待着去吧。"

这一待可把阿汉待怕了，他是一个独生子，三十多岁了还没结婚，还得养活年迈多病的妈妈。

经朋友推荐，阿汉来这家房地产公司应聘司机。待遇还真没得说，优厚得很。录用考核跟开车没丁点关系，是秘书安排他与老板下一盘围棋。

结果阿汉没按朋友再三叮嘱的办，上来三两下就干净利落地把老板给收拾了。

投子认负的同时，老板突然问他："除了下围棋你还会做什么？"

"噢，下象棋、打桥牌……"

"不是说下棋，我问你是干什么的？"老板乜斜着眼问道。

"我？我是来应聘开车的。"阿汉纳闷，老板怎么不知道他是来干嘛的？

老板太忙，要去开会，走之前话和棋一齐扔下："明天再跟你杀。"

秘书知道这句话的含义，他郑重地通知阿汉："你被录用了，明天来上班吧。"

可第二天走棋阿汉输了，接下来第三天又输了……

老板有点无奈地摇头："再高的水平跟我走上几天，我准能超过他。你们怎么就不想着提高一点呢。"他又像是安慰阿汉一样，拍着他的肩膀说："我看你的棋艺还是很有可塑性的，能下好。去买书看看，要多学习。"

阿汉最大优点就是慢性子，脾气好，好得一塌糊涂，谁说什么他就只笑一笑，能接受。

买书学习，还真管用，看了几天书就赢了老板一盘，虽然只赢了半目棋，但也是一个赢。

过了几天又老输，不行了，再去买书，反正老板给钱，多买一些，什么《黑布局》《白布局》呀，《中盘绞杀》《收官技巧》呀，厚的薄的统统搬回来。又赢了一盘，只赢一目。

如此学习一段时间，偶尔也能赢上一盘。但总的来说输还是主题，每次总是在最后时刻守不住城池，输的不多，往往也就是一目、两目的。

"唉。"有时也难怪老板发自内心的惋惜，"这样好的棋你都敢输，说明你这脑袋真是叫门板夹过的！想超过我，恐怕也是下辈子的事了。"

"是，是，真是。"阿汉心悦诚服，朝死里猛劲点头。

随和、服从、迎合都解决不了问题,对于老板来说这些见多了。他早说过,他从不喜欢跟低智商的人打交道。就在阿汉随时都有被炒鱿鱼的微妙时期,发生了一件小事。

一天,老板到国贸大厦去参加一个与外商洽谈合资业务的会议。

老板带着秘书乘电梯上了楼,阿汉照例回到车里去看他的围棋棋谱。不一会儿秘书神情慌张地跑了出来,开车门的手都有些哆嗦,声音发颤而急促地说:"快,快开车,回去,回公司。"

阿汉大惑不解地看着他:"怎么啦?老板呢?"

"少废话,快呀!开车。开会纪要都没带,我以为是他带着了……他以为是我带着……"秘书已经是语无伦次。他知道这个文件在这次会议上的重要性,他似乎已经看到了明天只能在家待着的后果了。

"是这个吗?"阿汉变戏法般地从座位旁拿出一个文件袋子。

秘书瞪大了眼睛,激动地一把将文件袋抓到手里:"怎么会在这?你怎么会?"

"早上在老板办公室里,我看见他出门前把包夹上,却放下了手上的这个文件袋,我就顺手带上了。"阿汉依然慢条斯里地说。

"谢谢,谢谢,你可救了我。"车里不能鞠躬,也不能下跪,否则秘书什么事都可能会做出来。

老板开完会,上车后只是笑眯眯地对阿汉说了句:"看不出来,憨憨的还藏着点心眼啊!"

有次,老板在办公室毕恭毕敬地接了个电话后,抬头怒声问在场的秘书和阿汉:"你们谁昨天下午接的城市规划局范局长的电话?"

秘书看见老板这般模样,知道有人闯祸了,因为老板跟范局长是哥们儿,没事就常在一起花天酒地。他用眼瞟了瞟站在一旁正摆弄钥匙扣的阿汉后轻声答道:"没有啊,我没接过范局长的电话。"

"那就是你了?"老板一脸威严地转过头来盯着阿汉。

"是我,我是接了个电话,可我不知道那是范局长打来的。"阿汉没有意

识到问题的严重性，很轻松地回答。

"你连是谁打来的都不知道，为啥要说我出国了？"老板口气里有气愤也有莫名其妙。

"他只在电话里叫您马上去裕华大酒楼，我知道昨天是您的女儿过生日，您早早就关机回家去了。那时正是吃饭时间，谁找您还不都是出去应酬啊，我怕他继续找您，就随口说了这么一句。"

"哦，"老板怔怔地看着阿汉，气似乎消了些，停顿片刻，老板自言自语地说，"这样也好，那'范桶'一定又是叫我赶去帮他买那饭局的单，呸！"

阿汉在公司里就这样跌跌撞撞走了过来。一次我们众朋友聚会，大家惊奇地发现：阿汉已在这家房地产公司给老板开了两年"大奔"了。

全省围棋大赛即将开赛，老板报名参加，抽点时间玩呗，顺带着给阿汉也报了个名。经过近一个月厮杀，结果出来了，老板没入围，第二轮即被淘汰。出乎所有人意料的是，阿汉却拿了个青年业余组亚军，棋协在此之前甚至根本不知道省里的围棋界还有这么一个叫阿汉的人。

接踵而来的是，体协聘请阿汉担任省少年围棋业学校的教练。阿汉成了省围棋集训队队员，省围棋协会会员……

老板得知此事后惊得目瞪口呆："他，他得了亚军？我怎么说也是个业余四段，他可是每次都输我的呀！"

我和众朋友心里都明白：每次都不能输多，也不能输少，只输一目两目，甚至是半目，阿汉这棋艺必须要达到一种怎样的精妙境界呀！

而阿汉却说："其实我只想为我妈端稳一只饭碗，这次拿亚军是个意外。"

拯　救

流　冰

少年 13 岁那年的冬天,男人与女人之间出现了问题。

少年不明白,究竟是什么导致了这样的家庭危机。

男人女人吵累了,吵烦了,开始彼此冷淡疏远,家,就此落入前所未有死一般的沉寂之中。

少年在男人书房的写字台上发现了那份"离婚协议",他伤心极了,睡梦中,枕边留下了湿了又干、干了又湿的斑斑泪痕。

然而,事态并没有因为少年的眼泪而改变行进方向。

晚饭桌上,男人将协议递给女人。

女人看着没说话,手却有些颤抖。

"要离也得等我期终考试之后再离。"少年放下筷子,哽咽着说。

男人对着已走进房间的少年的背影说:"那么好吧。"

进了房间,少年的泪止不住地滚落下来。

12 月 23 号,距终考还有 20 多天的时间。

少年咬着嘴唇想:一定要在这短短的二十几天时间里彻底摧毁那份协议,拯救这个家。

受伤的女人就此变得慵懒和消沉。

早晨,饭桌上再没有了滚热的汤饭和剥了壳儿的嫩白的煮蛋。

男人的单位较远,总是第一个走出家门。

少年跟着起床,洗刷完了,将女人的口杯倒上半杯开水,再兑上半杯凉水,然后将女人的牙刷挤上牙膏,横放在杯沿上。听到女人起床的声音,少年背上书包悄悄带上门下楼。

晚上，女人在少年的房间里欲言又止："早上的牙膏是你挤的吧?"

少年摇头："是爸爸，我的牙刷也是。"

女人没说话带上房门退了出去。

晚上洗过脚之后，少年偷偷提起男人的皮鞋进了卫生间。

男人的皮鞋原本都是女人擦的，每晚擦干净放在鞋架上，这个习惯不知什么时候停止了，所以男人的皮鞋就很脏很没型，少年用了小半袋鞋油，先用卫生纸擦，再用绸布在上面荡来涤去，几分钟后，皮鞋恢复了原来的样子，光洁、锃亮。

少年想，要是这个家也像皮鞋一样那该多好，擦擦就可以回到从前。

从卫生间出来之后，少年进了男人的书房，说："爸爸，今天老师布置了作文，命题的，叫《我的家》，我开不好头……"男人在写字台边扭过头说："你可以从某一件有趣有意义的事情开始落笔，譬如，前年我们全家爬长城……"男人说到这儿停住了，好像陷入了某一种回忆。

早起，少年特地观察，见男人换鞋时愣怔了下，脸上流露出一丝惊喜，但很快就消失了。少年继续重复着前些天同样的工作，他已经坚持了一个多礼拜。

有一天晚上，女人在单位临时加班，很晚才回到家，令她意外的是，暖瓶全是满的，床上是热的，电热毯好像开了很长的时间，女人一下子找到了从前的感觉，心头暖暖的，两眼热热的。

第二天上午女人调休，阳光很好。女人就将男人的被子拆洗了，铺底也拿到阳台上翻晒了一天。

男人下班回来，菜在锅里煮着，女人在书房套被子。男人没吭声，将三人的饭盛好，菜端到桌上，然后朝着两个房间叫了声："吃饭了，吃完了再弄。"

周末一早，少年穿着睡衣推开女人的房门，站在门口怯怯地问："妈妈，我可以和你睡一小会儿吗?"女人掀开被子的一角，说："快进来，当心感冒。"

少年钻进被窝,女人伸过双臂将他紧紧地搂在怀里。少年说:"元旦学校有联欢,有我一个节目,我希望你和爸爸都能参加,我不希望同学们说我的征文是虚构的。"女人点点头。

晚会现场,男人和女人在墙上看到了"我的家"新年征文比赛的获奖名单,少年的名字排在第一位,征文的标题是"相亲相爱一家人",只可惜看不到征文内容。

男人女人找了个位置很别扭地坐在一起。

晚会开始了,音乐响起——

灯火辉煌的街头

突然袭来了一阵寒流

夜深人静的时候

我就潜伏在你的伤口

伴随着歌声,少年从侧门走向舞台。这首歌不适合少年,唱得音又不是太准,但无比投入的神情还是抓住了在座观众的心。

爱若需要厮守

恨更需要自由

爱与恨纠缠不休

只有男人和女人心里最明白,此刻,他们眼睛里涩涩的,有些难受。

我拿什么拯救

情能见血封喉

谁能把谁保佑

能让爱永不朽

少年唱到最后竟泣不成声,满脸泪水。

女人再也忍不住了,趔趄着迎上去,一下子将走至台下的少年紧紧拥在怀里,这时候,男人从后面一把围拢过来,不停地说着:宝贝对不起。

少年觉得脖子里有温暖湿润的东西在滚动,他知道,那应该是爸爸和妈妈的眼泪。

好运气也可以零存整取

卢海娟

很久以前，在我们乡下，有个顺口溜，叫作"老大精，老二憨，家家都有个坏老三"。

邻居王家只有兄弟俩，还真应了这句话——老大精明能干，老二憨厚老实。

王老汉去世后，兄弟俩分家产。老大说，自己年长，多挣了好些钱，家产理应分上一大半。老二觉得有理，于是四六分，老大分六成，老二分四成。

此后，兄弟俩都继承父业开始做起了沙石生意。

老大精明能干会算计，每次与人合作，他都巧舌如簧，找出充分的理由证明自己比对方贡献大，等到生意结束，他就要与人四六分成——他拿六成，别人拿四成，因此每一次与人合作，他都占尽了便宜。

老二就没那么幸运了，他老实木讷不会耍滑头，每次与人合作，等到分利时，都是别人拿六成，他拿四成——连他自己也认为自己天生愚笨，不应该拿那么多，因此每一次与人合作，他看起来都要吃点亏。

老大沾沾自喜，得意于自己的精明和善于算计——智慧就是财富啊。

老二倒也快乐，虽然挣得少些，可是大家合作得很开心——和气生财啊。

但奇怪的是，几年后，老大的生意做不下去了，因为太过精明，从不吃亏，已经很少有人肯与他合作。老二的生意却出奇地好，多少年来他一直恪守着一个原则，就是与合作者分利时，只肯拿四成，永远把大头留给对方。

看来，人是有趋利性的，自己吃点亏，就能最大限度调动别人的积极性。

乡下人认为老大虽精明，却未必会有好运，老二虽傻一些，但傻人有傻福。其实这就是乡下人的人生智慧：老天把好运分发给所有的人，一见到好事就抢的人，把好运气一下子用光了，等到需要好运气的时候，又不得如愿，倒是那些老实厚道的人，关键时刻总是如有神助，好运临头。

我身边就有这样一个人，她是个年长我近二十岁的同事。大半辈子她都做女强人，巾帼不让须眉，单位里评优选先哪一种好事她都会使尽手段收入囊中。大家都晋升了职称，心安理得地挣上了高一级的工资，她如今却还在为那一级职称忙得焦头烂额，按说，那一级职称她早该抢到手的，可惜十年前，硬性指标明明还没有达到，她就想瞒天过海，不惜违法乱纪弄虚作假，结果受了处分耽搁至今。

作为单位的会计，前段时间因为涨工资，我去核算并且重新打印了工资卡。那天，总是待在家里很少来上班的一个老同事带了个计算器风风火火地来单位找我，说看不懂工资卡，让我来解释这工资是如何涨法，是怎样的一个百分比，要套用怎样的公式来计算。她一会笔算，一会又用计算器，还扬言道："就是差了一角钱，你这个当会计的也得给我找回来，不能让我吃了亏。"同事们背地里都说她"老是老了，那种当仁不让的精明劲可一点都没减"。

如今工资的事都是电脑管理，她当然没挑出什么毛病。我无语，很可怜这位锱铢必较的老同事，一辈子每一件事都要占上风，最后还是处在低谷之中——和她同龄的人，像她这样没有晋升职称的实在少有，那一级职称，每个月就有七百块的差额。

无独有偶，前几天看了一个笑话，说是一个小乞丐很傻，别人拿一元钱和十元钱让他挑选，他每次都选一元钱的，被大家传为笑谈。

周围的人当然不相信这世上还有不认识钱的乞丐，于是纷纷拿钱去试，果然，每一次小乞丐拿的都是一元钱，大家丢下那一元钱，开心地笑着离开。

结果就是，整天只知道拿一元钱的小乞丐得到了很多钱，精明的、只挑十元钱的另一个小乞丐从此再也没有得到钱。

是啊，谁都不会在乎一元钱，但这样却可以积少成多，聚沙成塔，所谓人生的大智慧，无非就是少一点贪欲，常怀感恩之心，在生活之中学会拿小头。

佛家讲求修行，认为所有从天而降的好运气都是自己积功累德修来的。既然如此，何苦偏要把好运气化整为零，争成一地鸡毛？不用羡慕别人，也没有必要去争争抢抢，那些生活中零星的好处我们可以选择不去领取，把它放到人生的账户里，零存整取，到头来，老天爷自然会把一块大馅饼砸到我们头上。

要金钱，也要梦想

卢海娟

美国学者赖利·柏克曾经写过一本书，叫作《日新月异的时代里你的钱财》。该书指出，在《圣经》中，至少有700句话提到金钱或财产，耶稣说的故事里，有五分之二是与金钱和财产有关。看来，耶稣作为至高无上的神的确能体恤人心——他深知人类的心是如何在他与金钱之间左右摇摆，因为被撕扯而日夜纠缠，耶稣清楚地知道，人不只在侍奉神和侍奉金钱之间做出非此即彼的选择，他们还必须负责如何面对和使用自己的金钱。

我们的DNA里似乎与生俱来就带着忠诚金钱与物质的基因，亲情也好，爱情也好，甚至对神的皈依与敬拜也好，哪一种感情都没有我们对金钱的感情来得纯粹、忠诚与执着。对于金钱的追求最能激发我们的勇气与斗志，挣大钱，积累丰富的物质财富永远都是人奋斗目标的首选。

说到底，对于不可知的未来，人们是心存恐惧与不安的。恐惧是灵魂的基本颜色，是使灵魂活动的动力，原本无可厚非，而金钱的作用恰恰就是给人带来信心与慰藉的。

人就是这样，愈是恐惧，心灵的空洞也就愈大，需要的金钱也就愈多，怕只怕由此沦为金钱的奴隶。有的人一生只热衷于一种算术式的"物质生活"，沦陷在对金钱的梦想与膜拜之中，心灵放纵成无底洞，变成永远流血的伤口，这种人，再多的金钱也无法给他的人生带来温暖与快乐，他也很难给生命设置一个超越金钱的价值目标。

自诩不爱金钱、自命清高的人是不现实的，也是不可取的，仅有功利的人生又太过苍白与无味。对于那些内心空荡荡精神无所依托的人来说，金

钱不过是止痛剂、镇静剂和麻醉剂，倒是那些与金钱无关的东西，往往能带来最大的乐趣，比如梦想。

有一家发行量极佳的报纸曾经就"在这个世界上谁最快乐"的问题进行过一次有奖征答比赛，他们从应征的 8 万多个征答中评出 4 个最佳答案。

1. 吹着口哨欣赏自己作品的艺术家；

2. 正在海滩上用沙子筑城堡的孩子；

3. 为婴儿洗澡的母亲；

4. 千辛万苦开刀后，终于挽救了危难病人性命的外科医生。

答案均与金钱无关，梦想、爱及成功的救助才是组成快乐的基本要素。

生活就是这样，那些给我们带来快乐、让我们念念不忘的，往往都是人们认为最"没用"的东西，而那些"没用"的事，那些与金钱无关的技能我们掌握得越多，生活的乐趣也就越多。

有一个热爱摄影的朋友，他最大的快乐就是摄下第一缕阳光带给这个世界的惊喜。为此，他总是清晨出发，在选好的地点等待太阳的升起。付出的辛苦自不必说，有一次他在一片长满芦苇的沼泽地里拍摄晨曦里的鹤舞，不小心陷入滩涂，差点丢了性命，这让听他讲述的我们都捏了一把汗，替他后怕，他却很坦然，一如从前。那些定格在他相机里的美景，不知温暖过多少冷寂空洞的心灵，每次翻看他的影集，我们都感觉那里面像是一面自然的镜子，让我们惊叹世界竟如此美妙。

朋友当年才华横溢，人们都以为他会跻身仕途，求得一生的高官厚禄、荣华富贵，没想到他却偏偏选择了自己的梦想，别人在没完没了的应酬中讨生活，他在清闲安逸中快乐地过日子，虽没有飞黄腾达，却收获了别样的人生。

在一些人的眼里，梦想就是空中阁楼，全没有金钱来得实在。然而，纪录会被打破，声誉会渐渐消退，颂词也终究会被淡忘，只有梦想会造就一个奇迹。有了梦想的万花筒，世界打开另一扇窗，让我们有了另外一种向往，此时我们才不会让金钱缭乱了我们的双眼，模糊了我们的视线，凝滞了我们

的脚步,壅塞了我们的襟怀。那些因金钱而起的狂奔的欲望和执着的意念,像树叶一样纷纷飘坠,吃什么穿什么,不是为了博得旁人的惊叹与目光,而是为了自己可感知到的舒适度,是不役于物的潇洒。这样,我们才能凌驾于金钱之上,不受金钱的羁绊。

如果人生是一棵树,那么金钱就是地表部分,它枝繁叶茂,美丽招摇;但我们的心一定要长成树根,要深埋在地下,不为尘世的一切所蛊惑,只追求自身的丰富内蕴,守护生命的梦想。